世界经典儿童文学作品

维尼角的小屋

WEINIJIAO DE XIAOWU

[英]艾伦·亚历山大·米尔恩 / 著　　张　超 / 译

河北出版传媒集团

河北少年儿童出版社

图书在版编目（CIP）数据

维尼角的小屋 / (英) 米尔恩著 ; 张超译. — 石家庄:
河北少年儿童出版社, 2015.1
（世界经典儿童文学作品）
ISBN 978-7-5376-7511-6

Ⅰ. ①维… Ⅱ. ①米… ②张… Ⅲ. ①儿童文学—图
画故事—英国—现代 Ⅳ. ①I561.85

中国版本图书馆CIP数据核字(2014)第246497号

世界经典儿童文学作品

维尼角的小屋

选题策划	温廷华　董素山　赵玲玲	
责任编辑	李　平	
特约编辑	尹会娟　陈　燕	
美术编辑	牛亚卓	
装帧设计	吴雅雯	

出　　版	河北出版传媒集团　河北少年儿童出版社	
	（石家庄市中华南大街 172 号　邮政编码 050051）	
发　　行	新华书店	
印　　刷	北京毕氏风范印刷技术有限公司	
开　　本	710mm×950mm　1/16	
印　　张	10	
版　　次	2015年3月第1版	
印　　次	2015年3月第1次印刷	
书　　号	ISBN 978-7-5376-7511-6	
定　　价	19.80元	

是你给了我克里斯托弗·罗宾，

又给予了阿噗新的呼吸与生命。

虽然他们现在已经离开了我的笔端，

重回到了你的身旁，

但我的这本书也已经准备好去看望你了。

它就是我要送给你的礼物，我的甜心。

如果没有你的馈赠，

也就没有这一切。

——米尔恩

前　言

　　前言通常是介绍书中的人物，但之前已经为大家介绍过了克里斯托弗·罗宾和他的朋友们，而且啊，他们也即将和大家说再见了。因此，这个前言需要反着写。在这之前，我询问过阿噗，前言的反义词是什么？他却回答："你说什么的什么？"看来，他无法给予我期待中的答案了。幸运的是，我们还有聪明智慧的猫头鹰，他给了我答案。要知道，猫头鹰很擅长使用这种艰涩难懂的字词，所以，我肯定，他说的一准没错。亲爱的阿噗，前言的反义词叫结语哦。

　　那么，我们为什么要写结语呢？因为上个礼拜克里斯托弗·罗宾对我说："我们讲讲那个故事吧，就是你本来打算讲给我听的，阿噗当时遇到了什么呢——"然后，我就随口回答："你说我们讲讲9乘以107好不好？"算完了这道数学题，又算起另一道题——如果有一群牛打算通过栅栏门，平均每分钟通过两头牛，如果这时一共有300头牛，那半个小时后，还剩几头牛？我们觉得这道题很有趣，但过了最初的兴奋劲儿之后，我们就蜷着身子睡着了……阿噗呢，就靠在床头的椅子上琢磨他那些天马行空的伟大想法，比我们还晚睡好一会儿。直到他慢慢垂下了脑袋，闭上了眼睛，才和我们一起悄悄地去了森林里。

　　森林里到处都是匪夷所思的冒险故事，比之前我讲给你们的还要美妙。

但是，还没等我早晨醒来前抓住它们，它们就偷偷溜走了。好吧，这里的最后一个故事是怎么开头的呢？"一天啊，阿噗正在森林里散步时，栅栏门边出现了107只绵羊……"哦，不是这样的，你看看，我又忘记这个故事了，但我知道这个故事是最好最精彩的故事。没关系，还有其他我们正在努力记起来的故事呢。当然，这可不是要说再见，因为森林一直都在……那些喜欢小·熊的人总是能找到他。就到这里吧，那些其他的小·动物们都在抗议说："我们呢？"最好的办法啊，就是马上停止这篇前言，让我们赶快进入正文吧！

米尔恩

目 录

在阿噗角，伊尔有了一间小屋子

一天，一只名叫阿噗的小熊闲得发慌，他希望自己能有点儿事可做，于是，便去找小猪皮吉，看看他在家里做什么。

天空中正在飘着雪花。阿噗在覆满积雪的林间小路上费劲儿地走着，边挪着小步边琢磨：这会儿皮吉应该正坐在炉火边，暖着他的小脚丫吧。

阿噗到了皮吉家，发现他家的门竟然敞开着。阿噗探头探脑地往门里张望，可是连皮吉的影儿都没看到。

"他没在家啊。"阿噗伤心地说，"好吧，看来他是真的出去了。那我就只能赶快动动我的大脑壳，想个主意出来了。真烦人！"

但，阿噗想到的第一个主意却是要再次确定一下皮吉是不是真的出去了，他用力地敲着皮吉家的门……

等了一会儿，阿噗并没有听到皮吉的声音。他觉得有点儿冷，于是就不停地蹦蹦跳跳，好让自己暖和一点儿。

突然，一首好听的小曲子跳进他的脑海，这首小曲子常带给人们希望，它大概是这样唱的：

雪下得愈来愈大，（噜嘞噜啦）

愈来愈大，（噜嘞噜啦）

愈来愈大，（噜嘞噜啦）

一直下啊下。

没有人能体会，（噜嘞噜啦）

我的脚趾多么冷，（噜嘞噜啦）

我的脚趾多么冰，（噜嘞噜啦）

快被冻透啦。

"我想到一个好主意啦！我现在应该做的事就是唱这首歌。"阿噗说，"但在那之前我要先回家瞧一下现在是几点了。也许我还需要在脖子上围一条围巾。然后，我要去找伊尔，让他听听我唱的这首歌。"

于是，阿噗急急忙忙地回家了。

他一边往回赶一边努力记着这首歌的曲调，因为他一直惦记着要把这首歌唱给伊尔听。可当阿噗看到皮吉正在他自己家里的那把最好的扶手椅上坐着时，一下子就呆了！

阿噗站在那里一动不动，他纳闷儿地抓了抓头，不知道自己现在到底在谁的家里。

"皮吉，你好哇。我以为你不在家，出门了呢！"阿噗说。

"我没出门啊，阿噗，是你出门了。"皮吉说。

"哦，原来是我啊，总之我们当中有一个出门去了。"阿噗说。

阿噗抬起头看向挂在墙壁上的钟。不过，那座钟在几周前就在十点五十五分那里停住了。

"就快十一点了啊，到吃午饭的时间啦。"阿噗边说边把头探到橱柜里面去，"皮吉，吃完饭我们就去找伊尔吧，我想让伊尔听听我唱的歌。"

"哪首歌啊，阿噗？"

"嗯，就是那首我们将给伊尔唱的歌啊。"阿噗解释说。

三十分钟过去了，阿噗和皮吉要出去了，可墙壁上的钟依然显示着十点五十五分。

外面已经不刮风了，雪花依然在飞舞着。或许它也觉得累了，想要找个落脚的地方，便慢慢地往下落。

那些雪花有的落在阿噗的鼻子上，有的落在别的地方。

没过多久，皮吉的脖颈上就有了一条雪白雪白的围脖，他还从没体会过耳朵后面有那么多又冰又凉的雪呢！

"阿噗。"终于，皮吉鼓起勇气叫了一声，他不希望阿噗看到自己这么胆小，"我觉得，我们要不要先回去把这首歌多练几遍，到了明天，或……或后天，等我们跟伊尔恰好碰面的时候，你再给他唱，好吗？"

"啊，皮吉，这个想法真好！但是，现在我们就能边走边练，可以不回家啊！"阿噗说，"这首歌是要在外面唱出来的，要伴着雪花唱。"

　　"是这样吗？"皮吉忧心忡忡地问。

　　"嗯，皮吉，等下你听了就明白了。你听着，它是这样开头的：雪下得愈来愈大，噜嘞噜啦……"

　　"嗯？噜嘞什么？"皮吉问。

　　"噜嘞噜啦！加上这些词，能让这首歌更有哼唱的味道。"阿噗说，"下得愈来愈大，噜嘞噜啦，下得愈来愈……"

　　"刚刚你不是唱过雪下得愈来愈大了吗？"

　　"嗯，这是后一句。"

　　"那是噜嘞噜啦的前一句吗？"

　　"这里是有一个噜嘞噜啦。"阿噗也不清楚自己唱到哪儿了，"我重新再唱一遍，你好好听着就明白了。"

　　接着，阿噗开始唱道：

　　　　雪下得愈来愈大，（噜嘞噜啦）

　　　　愈来愈大，（噜嘞噜啦）

　　　　愈来愈大，（噜嘞噜啦）

　　　　一直下啊下。

没有人能体会，（噜嘞噜啦）

我的脚趾多么冷，（噜嘞噜啦）

我的脚趾多么冰，（噜嘞噜啦）

快被冻透啦。

阿噗认为这次唱出来比刚才感觉还要好。阿噗唱完歌之后，期待着皮吉夸奖自己，夸自己唱的这首歌是他听过的所有跟下雪有关的歌中最优美的一首！

不过，皮吉深思熟虑之后说："啊，阿噗，我感觉脚趾可比耳朵暖和多啦！"

在皮吉的耳朵后面，落下了数不清的雪花，皮吉已经冻得无法忍受了。

于是，他们掉过头，朝着小森林走了过去。

小森林入口那里有一道很矮很矮的栅栏做成的小门，他们就在那里坐了下来。

尽管他们现在不再踩在雪地上，不过依然觉得非常寒冷。为了不让自己那么冷，他们开始唱起歌来。他们把阿噗的那首歌完整地唱了六遍，还用树枝敲在栅栏门上给自己打着节拍伴奏，皮吉负责唱"噜嘞噜啦"，阿噗负责唱其余的部分。

这时，他们距离伊尔的家已经很近了，而伊尔的家其实又阴冷又潮湿。

就这样唱了一小会儿，他们都感觉不那么冷了，便聊起天来。

"我一直在想，嗯，想着……伊尔。"阿噗说。

"你想着伊尔什么呢？"

"伊尔都没有自己住的地方，真是可怜呢！"

"的确是这样啊！"

"皮吉，除了可怜的伊尔没有房子，我们和克里斯托弗·罗宾每个人都有一间不错的房子，而且，猫头鹰、袋鼠、小兔子瑞毕和他的亲友们也都有自己的房子。"阿噗说，"嗯，我总想着，要不我们搭

建一座房子给伊尔吧，好吗？"

"嗯，这个想法真的非常好！这座房子要建在哪里呢？"

"我们用木棒和树枝建一座'伊尔房子'送给伊尔吧。"阿噗说，"就建在栅栏旁边吧，这里不会被风吹到，是个好地方呢！这儿就叫'阿噗角落'吧，我们就把房子搭在这儿！"

"嗯，在树林的那边有许多许多树枝呢，我看到它们都被堆在一起了。"皮吉说。

"哦！皮吉，真是谢谢你，你可真是帮了我一个大忙啊！"阿噗说，"假如这个角落的名字叫作'阿噗－小猪皮吉的角落'，也许更好听！"

"把这个角落叫作'阿噗－小猪皮吉'，也不是不可以，因为你帮了大忙，但是，我觉得'阿噗角落'短小精练，更加朗朗上口、悦耳动听。嗯，我们行动起来吧！"阿噗接着说。

他们跳下栅栏门，去拿木棒和树枝，朝着森林那边走了过去。

克里斯托弗·罗宾从非洲回来了，他整个早上都没有去外面玩儿，一直待在家里。

他刚从船上下来，正要去看看外面的世界现在已经变成了什么样子。

就在此时，有人来敲门了。克里斯托弗·罗宾打开门，发现敲门的人原来是伊尔！

"嗨，伊尔，你好啊！"他走到门外，跟伊尔打了个招呼，又问道，"你这是怎么啦？"

"哦，雪还一直下着呢。"伊尔轻声地说道。

"嗯，是啊。"

"外面都已经结冰了，真是冷极了。"

"是吗？"

"嗯，是啊，不过，这一阵也没出现过地震啊！"说到这儿，伊尔的情绪稍微好了一点儿。

"发生什么事了，伊尔？"

"没，没事，克里斯托弗·罗宾，我猜你在这附近应该没看到过类似屋子那样的建筑物吧？"

"什么屋子啊？"

"嗯……就是……一间小屋子……"

"那是谁在住着呢？"

"我。"伊尔说，"至少我认为是我住的，不过我这会儿没在那里住。其实，不是谁都能拥有屋子的。"

"可是伊尔，刚开始我并不清楚，我一直都认为……"

"克里斯托弗·罗宾，其实我也不清楚是怎么回事。"伊尔说，"不过，天空总是不停地飘着雪花，每天凌晨三点的时候，我住的地方就变得冷极了。等到结冰之后那里就更加冷了。风会刮进来，你明白我的意思吗？……这就意味着，我的屋子是有缝隙的，可以通风，屋子就不会那么热，人也会感到非常的舒服。不过，实际上，那屋子真的是寒冷极了。"伊尔清了清嗓子，轻声地说，"这可是我跟你之间的秘密，你要保密啊！"

"啊，伊尔！"

"我也告诉自己：'要是我把自己冻僵了，别人都会非常伤心的。'他们的大脑里面只有一片灰色的毛，也不清楚是怎么到里面去的。如果雪再连续下一个半月，他们之中会有人自言自语：'凌晨三点的时候，伊尔的屋子一定会冷得像冰窖。'然后，他们会来我家一探究竟，到那时，他们肯定会伤心的。"

"啊！伊尔！"克里斯托弗·罗宾觉得难过极了。

"克里斯托弗·罗宾，不要这样，我没有说你。"伊尔说，"后来，我在我的小树林边搭建了一间小小的房子。"

"真的吗？这可太让人欣喜啦！"

"但，更让人感到'欣喜'的是，今早我出去时，房子还好好的在那儿，可当我回去时，那屋子却消失不见了。"伊尔忧伤地说，"尽管那屋子非常不起眼，但，那却是伊尔的小屋了啊。我一直在纳闷儿发生了什么。"

克里斯托弗·罗宾也很纳闷儿，想不明白这到底是怎么回事。

他迅速地回到自己的屋子，用最快的速度戴上雨帽、换好雨鞋、穿上雨衣。"现在，我们一块儿去找小屋子。"他大声地对伊尔说。

"有时，如果有人要把别人的房子搬走，应该或多或少会舍弃点儿他们不需要的东西留给主人。我的意思你应该清楚吧！"伊尔说，"我一直在想着，如果我们只奔着……"

"赶快走吧！"克里斯托弗·罗宾大喊着。

他们匆匆忙忙地出发了，没多久就走到了松林边的角落里，但伊尔的小屋早已不见了踪影。

"就在那儿！什么都没给我剩下！"伊尔说，"不过，我还能用地上的积雪随便做点儿我喜欢的东西。人不能总是埋怨。"

不过，克里斯托弗·罗宾没听见伊尔说了些什么，他似乎听到了其他声音。"你难道没有听到吗？"他问。

"那是什么？是谁的笑声吗？"

"你再仔细听一下。"

他们把耳朵竖了起来，认真地听着。他们听到有个粗糙沙哑的声音在唱着"雪下得愈来愈大，愈来愈大"，而两句歌词的中间还有一句"噜嘞噜啦"，那是一个又尖又细的嗓音在伴唱。

"那是阿噗的声音！"克里斯托弗·罗宾激动地喊道。

"好像是！"伊尔说。

"另一个是小猪皮吉！"克里斯托弗·罗宾又激动地喊了一句。

"嗯，好像是，不过，现在我们应该要有一条非常厉害的大猎狗。"伊尔说。

这时，歌词突然跟刚才唱的不一样了。

"我们把小屋子搭好啦！"是那个沙哑的声音。

"噜嘟噜啦！"是那个又尖又细的声音。

"这可真是间漂亮的屋子……"

"噜嘟噜啦……"

"真希望那是我的小屋……"

"噜嘟噜啦……"

"阿噗！"克里斯托弗·罗宾使劲地大喊。于是，栅栏门上面的两个人不再唱歌了。

"克里斯托弗·罗宾！"阿噗喊道。

"那里不是我们刚才找小树枝的地方吗？他正站在那里呢！"皮吉说。

"走吧！"阿噗说。

于是，他们跳下栅栏门，飞快地跑向森林的那个角落。

一路上，阿噗边飞奔边欢叫。

"啊！伊尔，你也在啊！你好啊！"拥抱过克里斯托弗·罗宾后，阿噗说。

阿噗又用胳膊肘碰了下皮吉，皮吉也碰了下他，他们心里非常开心：他们已经给伊尔准备好一个大大的惊喜啦！

"阿噗，你好啊，不过如果今天是周四就更好啦！"伊尔不太开心地说。还没等阿噗问跟周四有什么关系，克里斯托弗·罗宾就已经说起伊尔的屋子消失不见的事情。

阿噗和皮吉站在那儿听着，眼睛瞪得越来越大。

"刚刚你说的屋子在哪里？"阿噗问。

"就在这儿啊。"伊尔说。

"是不是用木条做的？"阿噗又问。

"嗯！"伊尔使劲地点了点头。

"哦！"小猪皮吉说。

"怎么啦？"伊尔问。

"没事，我就'哦'了一声。"皮吉显得有点儿不安。

不过，他希望自己能放松一点儿，于是便用"我们要怎么做"的调调哼起"噜嘟噜啦"。

"你敢肯定那堆木条是间房子吗？我是说，你肯定你的屋子是在这里吗？"阿噗问。

"当然！我敢肯定！"伊尔确定地说，然后又自言自语道，"有的人真的是不长脑子啊。"

"阿噗，出什么事啦？"克里斯托弗·罗宾问。

"嗯，那个，事实上……你应该清楚……就是……"阿噗吞吞吐吐地说。他觉得自己没表达清楚，于是就拿胳膊肘碰了下皮吉。

"是这样，"皮吉很快就接过话来，然后想了一会儿才缓慢地说道，"是变得更暖和。"

"什么变得更暖和？"克里斯托弗·罗宾问。

"伊尔的小房子啊，就在森林的那一边！"

"我的房子？"伊尔很纳闷儿，"可原来的房子在这儿啊。"

"不是的，在那边！"皮吉的语气不容置疑。

"因为那里更加温暖。"阿噗赶紧跟着说。

"可我记得应该是……"

"快点儿一起看看去吧！"皮吉说着就带着大家走向那边。

"怎么会有离得这么近的两间房子呢，不会有的。"阿噗说。

他们走到了森林那边的角落里。

真有一间"伊尔的房子"立在那里，而且看起来还非常的暖和舒服。

"我们到了，"皮吉说，"你看啊！"

"屋子从内到外都棒极了！"阿噗骄傲地说。

伊尔走到屋里转了一圈又出来了，他说："这间房子可真好啊！的确是我的房子呢。但，我明明是搭建在刚才那个地方的，或许是被风吹过来的吧。当风从大森林里吹过的时候，就把房子吹到这个角落来了。在这里确实非常好！其实，跟其他地方相比，还是这里更好一些。"

"嗯，比其他地方都好。"阿噗和皮吉异口同声地说。

"通过这件事，我们知道了，只要愿意花时间和力气，一定可以做出点儿什么。阿噗，皮吉，你们看见了吗？"伊尔骄傲地说，"多动脑筋，勤干活，这样就可以把房子搭起来啦！"

等到伊尔走进屋子，他们三个就都离开了。

路上，阿噗和皮吉告诉克里斯托弗·罗宾他们刚刚做了一件多么糟糕的事情。

克里斯托弗·罗宾忍不住笑了起来。等他笑够了，他们便唱起那首雪天在外唱的歌曲。皮吉对自己的声音没有自信，于是仍旧只伴唱"噜嘟噜啦"。

"其实，我也明白这件事情一点儿也不难，不过那也不是每个人都可以做到的。"小猪皮吉自言自语地说道。

跳跳虎来森林里吃早饭

半夜，原本熟睡的阿噗突然醒了过来。

他把耳朵竖起来，认真地听着。接着，他从床上下来，把蜡烛点着，想看一下是不是有人想钻进他那个储存蜂蜜的柜子。

不过，屋里并没有其他人，于是，他回到床边，把蜡烛熄灭，又躺回了被窝里面。

但紧接着，他又听到了一些声音。

"小猪皮吉，外面的人是你吗？"阿噗问。

不过，那并不是皮吉。

"克里斯托弗·罗宾，快进屋里来吧。"阿噗又说。

但那也不是克里斯托弗·罗宾。

"伊尔，咱们明天再聊天吧。"阿噗已经困得睁不开眼睛了。

可是，外面依然有声响。

"呼哈呼哈呼哈……"阿噗知道自己彻底睡不着了，但仍搞不清楚外面到底是谁。

"到底是谁呢？"阿噗很纳闷儿，"森林里有各种各样的声音，但这个声音非常特别。它不像怒吼的声音，也不像小狗汪汪叫的声音，也不像咕噜咕噜的声音，更不是人在写诗之前会发出的声音。这个声音很奇怪，是一只特别的动物在我的门外面发出的声音。或许，我应该起来，告诉他请不要发出这样的声音了。"

于是，阿噗从床上下来，把门打开了。

"你好啊！"阿噗说，他想确定一下外面是不是有人。

"你好啊！"那个奇怪的声音说。

"啊！你好啊！"阿噗提高了声音。

"你好！"那个声音回应着，同时在想到底还得说几遍"你好"呢。

当阿噗打算再说一遍"你好"时，他也认为不能总说这一句，于是问道："你是谁？"

"我！"那个声音回答道。

"哦，那请你到屋里来吧！"阿噗说。

然后，那个发出声音的不知道是什么的动物就跟着阿噗进了屋。他们在烛光照亮的屋子里互相看着对方。

"我的名字叫阿噗。"阿噗开始介绍自己。

"我的名字叫跳跳虎。"原来那是一只老虎。

"啊！"阿噗第一次看见这样的动物，觉得很新奇，"克里斯托弗·罗宾知道你是谁吗？"

"当然啦！"跳跳虎说。

"好吧。现在是晚上，正好适合睡觉。"阿噗说，"我们明早一起吃早餐，蜂蜜早餐！老虎爱吃蜂蜜吗？"

"老虎爱吃所有的东西。"跳跳虎非常开心。

"行啦。如果老虎想在地板上睡觉的话，那我可要到床上去睡觉啦。"阿噗说，"晚安吧，明早我们一起去找点儿活儿干。"

说着，阿噗就躺到床上睡着了。

第二天早上，阿噗醒来看到的第一件事是——跳跳虎正坐在镜子前面看着镜子里的自己。

"嗨！早啊！"阿噗说。

"嗨！早啊！"跳跳虎说，"我看见一个跟我长得一模一样的家伙！我一直都觉得在老虎中我是绝无仅有的呢。"

阿噗从床上下来，开始告诉跳跳虎镜子是什么。当他正要讲到最有趣的部分时，突然，跳跳虎说话了："不好意思，打断你一下，你看，你的桌子上有个东西爬了上去。"

跳跳虎边发出"呼哈呼哈呼哈"的声音，边朝着桌子的另一端蹦了过去，然后他拉下桌布把自己裹了三圈，翻滚着到了屋子的另一边。

他挣扎了半天才露出脑袋，开心地说："刚刚是不是我赢了？"

"那可是我的桌布！"阿噗边说边帮跳跳虎把身上的桌布解下来。

"我非常希望知道那到底是什么。"跳跳虎说。

"它是桌布，铺在桌子上的布，然后把东西放在它上面。"

"那它为什么在我走神时要偷咬我？"

"我不认为它要咬你。"

"它真的要咬我，但我躲得快，才没被咬到。"

阿噗在桌子上铺好桌布，然后又把一个很大的装着蜂蜜的罐子放在了上面。接着，他和跳跳虎坐下来开始吃早餐。

跳跳虎用大勺子舀出蜂蜜放进嘴里，然后把脑袋抬起来看向屋顶，一边偏着脑袋像是在思考着什么，一边从嘴里发出"咂巴咂巴"的声音，听起来好像在说："我吃的究竟是什么东西啊？"

过了一会儿，跳跳虎非常肯定地说："老虎不爱吃蜂蜜。"

"哦！我还以为老虎喜欢吃任何东西呢。"阿噗边说边想着如何让自己的语气听起来非常难过和惋惜。

"嗯，除了蜂蜜，什么都爱吃。"

听了这句话，阿噗心里开心极了，答应跳跳虎，等他们吃完早餐就带他去小猪皮吉家，然后，跳跳虎就可以吃皮吉的橡果了。

"阿噗，非常感谢你！老虎最爱吃的就是橡果。"跳跳虎说。

于是，阿噗吃完早餐后，他们就一蹦一跳地去小猪皮吉家。

阿噗边走边向跳跳虎介绍皮吉，他是只非常小的动物，不喜欢蹦蹦跳跳，因此，第一次去皮吉家最好不要蹦蹦跳跳的。

跳跳虎总是在树后面躲着，等阿噗看不见的时候就蹦到阿噗的影子上。他还说，只有在吃早饭之前，老虎才会不停地跳，当吃早饭时，他们就会非常的安静。

不一会儿，他们就到了皮吉家门前，阿噗敲了敲皮吉家的门。

"嗨！阿噗，你好哇！"小猪皮吉打开门后说。

"你好哇，皮吉，他叫跳跳虎。"

"哦，真的吗？我一直以为老虎不会跟他一样这么大呢。"皮吉边说边顺着桌子缓慢地朝后退去。

"大老虎本来也不小！"跳跳虎说。

"跳跳虎爱吃橡果，而且他还没有吃早饭，我们就是因为橡果才来找你的。"阿噗说。

皮吉边把装着橡果的碗朝跳跳虎推过去，边说道："尽情地吃，不要见外。"然后，他便紧紧地贴在阿噗身边，这样让他觉得自己能稍微勇敢一点儿。

皮吉用满不在乎的语气说："你真的是老虎吗？好棒啊！"

但跳跳虎的嘴巴里面全都是橡果，一句话也说不出来。

跳跳虎使劲地咀嚼了一会儿后，说："介个或真八好次哇（这个可真不好吃哇）！"

"你在说什么？"阿噗和皮吉一起问道。

"队八起（对不起）！"跳跳虎说完便跑到外面去了。

不一会儿，他又进来了，语气坚定地说："老虎不爱吃橡果。"

阿噗说："可你明明说除了蜂蜜，老虎什么都爱吃。"

"除了蜂蜜和橡果，老虎什么都爱吃。"跳跳虎说。

听到这句话后，阿噗说："啊，我知道啦。"

老虎不爱吃橡果，这让皮吉觉得非常开心。他问："那，你喜欢吃蓟草吗？"

"嗯，蓟草，那可是老虎最爱吃的东西呢！"跳跳虎说。

"好吧，那我们一起到伊尔家去看一下吧。"皮吉建议道。

接着，他们三个就一起朝着伊尔家的方向出发了。

他们一直走啊，走啊，终于走到了伊尔家所在的那片森林。

"嗨！伊尔，你好哇！"阿噗跟伊尔打了招呼，又说，"他叫跳跳虎。"

"谁？跳跳虎是谁？"伊尔问。

"是他。"阿噗和皮吉一起介绍着。

这时，跳跳虎的脸上满是高兴的笑容，他一句话也没说，安静极了。

伊尔围着跳跳虎走了一圈，然后又掉过头来走了一圈。

"刚刚你介绍他是什么？"伊尔问。

"老虎。"

"哇！"伊尔惊叹了一声。

"他是刚来的。"皮吉说。

"啊！"伊尔又惊叹了一声。

伊尔思考了好一会儿，才问："他要待多久啊？"

阿噗向伊尔介绍说，跳跳虎跟克里斯托弗·罗宾是好朋友，他也要在这个森林里住下。

小猪皮吉告诉跳跳虎，不要介意伊尔的话，伊尔一直都是这么忧愁不安。

不过，伊尔跟皮吉说，和以前不一样，他觉得今早非常开心。

这时，跳跳虎对他们说，自己连早饭都没吃呢。

"我知道一件事，就是、就是蓟草是老虎最爱吃的东西，这也是我们过来找你的原因，伊尔。"阿噗说。

"原来是为这件事，阿噗！"

"啊！伊尔，我的意思不是说我们不想来看你……"

"行啦，别说了，保持安静。这位身上长着长长的纹路的新朋友，想吃早饭是很正常的事，你刚说他叫什么名字？"

"叫跳跳虎。"

"嗯，跳跳虎，跟我到这边来。"

伊尔把他们带到了茂密的蓟草丛里，然后他的蹄子朝着蓟草丛晃了晃。

"这块蓟草地本来是我准备留到自己过生日时享用的，但生日说来说去也就一天而已，又算得了什么呢。"伊尔说道，"跳跳虎，你尽情地吃吧。"

跳跳虎向伊尔表达了感谢，很是纳闷儿地望着阿噗，他轻声地问："这真的是蓟草吗？"

"真的啊！"阿噗说。

"这就是老虎最爱吃的东西吗？"跳跳虎又问。

"这些都是啊！"阿噗说。

"嗯，我知道了。"跳跳虎说。接着，他把蓟草塞了一嘴，开始大口大口地咀嚼起来。

"啊！啊！"跳跳虎大声吼着，然后把爪子伸到了嘴里。

"发生什么事啦？"阿噗问。

"嘴里火辣辣的！"跳跳虎把嘴巴捂住了。

"你的朋友怎么看起来像是被蜜蜂蜇到了。"伊尔说。

跳跳虎不再摇晃脑袋了，接着拔出了嘴巴里面的刺儿，说老虎不爱吃蓟草。

"那你怎么还把长得那么好的一株蓟草拔了下来啊？"伊尔问。

"但你刚刚明明说过，除了蜂蜜和橡果，你什么都爱吃的啊！"阿噗也说。

"加上蓟草！"跳跳虎边说边在旁边吐着舌头一直转圈跑着。

阿噗看着他，很是悲伤。"现在，我们该怎么办啊？"他问小猪皮吉。

皮吉想到一个办法，那就是去找克里斯托弗·罗宾。

"现在，他和袋鼠待在一起。"伊尔说。

伊尔走到阿噗身边，大声地在他耳边说："你让你的朋友到别的地方去做那种动作，可以吗？我想吃午饭啦，我不希望在我吃午饭时，看他一直跳个不停。"

"其实，我明白这也没什么，也不是什么大事，不过我这个人有些苛刻，每个人都有自己的毛病不是吗？"他又说。

阿噗点了点头，严肃地说："跳跳虎，我们一起去袋鼠家吧，他家一定有许多能给你当早餐的东西。"

跳跳虎最后又跳了一圈，就跟着阿噗和皮吉一起离开了。

"觉得火辣辣的！"跳跳虎的脸上挂着讨好的笑容解释道，"快走吧！"说完他就先跑了。

阿噗和皮吉跟在他的后面慢慢地走着。

在路上，皮吉的小脑袋空荡荡的，什么都想不出来，什么也说不出来。

阿噗也一句话都没说，不过他正构思着一首诗。等他想出来之后，便开始念道：

> 小小跳跳虎真是可怜，
>
> 我们不清楚要怎么办，
>
> 假如他总是吃不到饭，
>
> 他就越来越可怜，
>
> 蜂蜜、橡果和蓟草，
>
> 都不能够当早餐，
>
> 蓟草上面长着刺，
>
> 火辣辣的他不喜欢，
>
> 我们喜欢吃的饭，
>
> 他也想要去习惯，
>
> 刺儿多扎得他不舒坦。

"不过，不管怎样，他都已经那么大了。"小猪皮吉说。

"他这还算不上大啦。"

"是吗？但他看起来真的很大。"

听到这句话，阿噗的小脑袋又迸发出了灵感。

接着，他轻声地说：

无论他现在多少斤，

也不管用英镑、先令或盎司来计算，

他看起来就这么大，

蹦来跳去让他看上去更矫捷彪悍！

"这样才算是完整的一首诗！皮吉，你觉得这首诗怎么样？"阿噗问。

"除了'先令'，所有的都很喜欢，"皮吉说，"我认为不应该把'先令'加在中间，显得不搭配。"

"'英镑'的后面一定要放'先令'，因此我才加了'先令'。"阿噗解释说，"写诗最棒的办法就是让字词很自然地连接起来。"

"啊，我倒是不清楚这些。"小猪皮吉说。

跳跳虎一路上都在他们前面不停地蹦蹦跳跳，偶尔还转过头问他们到底这条路对不对。

终于，他们走到袋鼠家啦！克里斯托弗·罗宾也在那里呢！

跳跳虎立刻就朝着那边飞奔过去。

"啊！跳跳虎，原来你去那里啦！我一猜你就是跑到别的地方去啦！"克里斯托弗·罗宾大声说道。

　　"我一直都在森林里，我在找东西吃呢！"跳跳虎一本正经地说，就好像要介绍一件非常重要的事情一样，"我找到了阿噗、皮吉，还有伊尔，不过我没有找到早餐。"

　　阿噗和皮吉都走了过来，他们抱了抱克里斯托弗·罗宾，把刚刚发生的事全部告诉了他。

　　"跳跳虎爱吃什么，你知道吗？"阿噗问。

"如果我仔细想一下，或许会知道。"克里斯托弗·罗宾说，"我一直都认为跳跳虎应该知道自己爱吃什么啊。"

"嗯，我知道，这个世界上我什么都爱吃，除了蜂蜜、橡果，还有那个叫什么的？"跳跳虎说。

"是蓟草。"

"嗯，是，还有蓟草！"

"哦，好啦，我们一起去找袋鼠吧，看看他能给你吃什么。"

然后，他们一起走进了袋鼠的屋子里。

袋鼠小豆——跟他们打了招呼："你好啊！阿噗！""你好啊！皮吉！""你好啊！跳跳虎！""你好啊！跳跳虎！"袋鼠小豆从来都没有说过"跳跳虎"，他觉得很有趣，于是便跟跳跳虎打了两遍招呼。

接着，他便告诉了袋鼠妈妈他们想干吗。

袋鼠妈妈慈祥极了，她说："跳跳虎，去吧，看看我的橱柜里有没有你爱吃的东西。"

袋鼠妈妈觉得跳跳虎虽然看起来非常强大，其实内心跟自己的袋鼠宝宝一样脆弱，都非常需要关心和爱护。

"我能一起去看看吗？"阿噗说。

马上就要到十一点了，阿噗在橱柜里找到一小罐浓缩牛奶，他认为跳跳虎一定不爱喝牛奶。然后，他走到一个小角落里，不让任何人打扰他，安静地喝了起来。

跳跳虎把鼻子伸进橱柜里闻了半天，又把爪子伸进去摸了半天，才发现其实很多东西他都不爱吃。

橱柜已经被他翻遍了，但依然没找到他要吃的东西。

于是，他问袋鼠妈妈："这下可怎么办啊？"

但那时袋鼠妈妈、克里斯托弗·罗宾和皮吉都围在袋鼠宝宝小豆的身边，看着他吃麦芽膏呢。

小豆问："妈妈，我一定得吃吗？"

袋鼠妈妈说："亲爱的宝宝，你忘了你承诺过的话了吗？"

"那个是什么啊？"跳跳虎问皮吉。

"那是用来强身的药，不过他并不爱吃。"皮吉说。

跳跳虎朝小豆挪动了一点儿，然后靠在他身后的椅子上。

突然，跳跳虎把舌头伸出来，用力地吞了一大口麦芽膏。

袋鼠妈妈吓得急忙跳了起来，大喊一声："啊！"

还好，在跳跳虎把勺子吞下去之前，袋鼠妈妈从他的嘴巴里面把勺子抢了出来。

不过，麦芽膏全部被跳跳虎吃光了。

"亲爱的跳跳虎啊！"袋鼠妈妈喊道。

"我的药被他吃啦！我的药被他吃啦！"袋鼠小豆认为这件事非常有趣，他像唱歌似的愉快地大喊着。

跳跳虎紧闭双眼，把头冲着屋顶抬得高高的，舌头一直在嘴巴里翻转着，好像害怕把麦芽膏掉在外面似的。

然后，他笑了，说："这个才是老虎真正爱吃的东西！"

后来，跳跳虎就一直住在袋鼠家了，因为他爱吃麦芽膏，并把它当成饭一天吃三顿。

每当袋鼠妈妈认为跳跳虎需要强身的时候，总会舀两勺袋鼠小豆的早饭给他当药吃。

"可是，我认为他已经足够强大啦！"小猪皮吉这样跟阿噗说道。

在小兔子瑞毕安排的搜救活动中，
小猪皮吉差点儿撞见长鼻怪

一天，小熊阿噗在家里清点着蜂蜜罐。

突然，外面传来敲门的声音。

"十四，请进！"阿噗说，"十四，还是十五，讨厌，又记不清啦！"

"嗨！阿噗，你好哇！"小兔子瑞毕说。

"瑞毕，你好哇！刚刚是数到十四，对吗？"

"什么对吗？"

"我正数着我的蜂蜜罐呢。"

"嗯，是十四，对着呢。"

"你能确定吗？"

"不确定，不过，有什么关系吗？"小兔子瑞毕说。

"我就是想数一下，这样一来，我就知道自己还有多少罐蜂蜜了，我能告诉自己还有十四罐，或者十五罐，这都是有可能的啊。算是一种自我安慰吧。"阿噗谦虚地说道。

"既然这样，你就当作有十六罐好啦。"小兔子瑞毕说，"我来找你，是想问你是不是在某个地方看见过小不点儿？"

"我应该没有吧。"阿噗说。

过了一会儿，他又问："小不点儿是谁啊？"

"我的一个亲戚。"小兔子瑞毕心不在焉地说。

这句话对阿噗来说跟没说过是一样的，因为小兔子瑞毕的亲戚非常多，而且都形态各异，一点儿都不一样。如果去找的话，他也不清楚应该是去金凤花瓣里找，还是爬到树上去找。

"今天我没有见过任何人，也没有说过'小不点儿，你好哇'，不过，你找他有事吗？"阿噗说。

"我并不是找他帮忙，只是觉得能知道亲戚在哪里总是一件好事。"小兔子瑞毕说。

"哦，我明白啦。你找不到他了吗？"阿噗问。

"这个嘛……都已经很长时间没有人见过他了，反正是这样……"小兔子瑞毕说，就像是在说一件非常重大的事情一样，"我已经跟克里斯托弗·罗宾保证过了，要为他安排一场搜救活动。你也快点儿加入吧！"

于是，阿噗温柔地告别了十四罐蜂蜜，他的心里想着：要是有十五罐该多好哇！

然后，他们一起朝着森林走去了。

"这是一场搜救活动，"小兔子瑞毕说，"这会儿，我都已经安排妥了……"

"你已经如何了？"

"安排妥了，就是……"小兔子瑞毕说，"嗯……意思就是在同一个时间段内，你们要去不同的地方搜寻。行了，阿噗，你在六棵松附近转转看吧，之后去猫头鹰家，在路上也要注意搜寻，然后就在那里边找边等我。知道了没？"

"没明白啊，什么意思？"阿噗问。

"行吧！那么，六十分钟后，我们在猫头鹰家会合。"

"小猪皮吉有没有被安排进来？"

"所有人都被安排到这场搜救中来啦！"话音刚落，小兔子瑞毕

就掉头走了。

瑞毕走后，阿噗才想起自己还没问小不点儿是谁，也不知道小不点儿是什么样的亲戚，他是不是很容易被踩到，还是能够跳到别人的鼻梁上。

不过，这会儿想这些已经来不及了。他决定先找到小猪皮吉，弄明白他们到底在做些什么，然后再去搜寻小不点儿。

"小猪皮吉应该不在六棵松那儿，既然他也被安排到这场搜救活动中了，那他肯定也要去一个特别的地方。"阿噗自言自语道，"所以，我第一个要找的是皮吉要去的特别的地方。我来思考一下，这个地方会是哪里呢？"

接下来，他在脑海里理顺了搜寻的顺序：

1. 特别的地方　寻找小猪皮吉
2. 小猪皮吉　　弄清楚小不点儿是谁
3. 小不点儿　　寻找小不点儿
4. 小兔子瑞毕　把我找到小不点儿的事情告诉他
5. 小不点儿　　告诉他我找到小兔子瑞毕了

"这样一来，今天会比较忙啊！"阿噗一边这样想着，一边笨拙地朝前走去。

那天可真是糟糕极了！

阿噗专心地盘算着今天的事，没太注意脚下的路，一不留神摔进了森林里的大坑。

"砰！"

当他还在想着"我像猫头鹰一样，正在飞呢，我要怎么停下来……"时，他真的停了下来。

"啊呀！"不知是什么发出了一声尖叫。

阿噗想着："可真有趣啊！我说的是'啊呀'，不是'哇哦'！"

"救救我！"那个声音又叫了一声，又细又尖。

"又是我叫的。我发生了一个小事故，摔落进一个大坑里，我还没说话就已经发出声音了，而且声音变得又尖又细。"阿噗心想，"是不是我身体里的内脏受伤了？真讨厌！"

"救救我……救救我……"

"又是这个声音，我还没说话呢就又出声了。我觉得这一定是个非常糟糕、非常严重的事故！"

接着，他又想到："如果我开口说话，或许那个声音就消失了。"

于是，他大喊了一句："小熊阿噗发生了非常严重的事故！"

"阿噗！"那个又尖又细的声音叫道。

"咦，是小猪皮吉的声音，你在哪里呢？"阿噗着急地说。

"底下呢！"皮吉发出一种低沉的声音。

"什么的底下啊？"

"在你底下呢！你赶快起来啊！"皮吉哼哼地说。

"噢！"阿噗用他能达到的最快速度站了起来，不过依然很笨拙。

"皮吉，刚刚我是摔到你身上了吗？"阿噗问。

"是啊！是摔到我身上啦。"小猪皮吉说。现在，他觉得自己已经没事啦。

"我是不小心的。"阿噗觉得很伤心。

"我也是不小心才跑到你的底下的，不过这会儿我已经没事啦！"皮吉说，"阿噗，我觉得很开心，因为刚刚是你摔到了我身上。"

"出什么事了？我们现在这是在哪里呢？"阿噗问。

"我想我们掉进了一个大坑。"皮吉说，"我边在路上走着边找人，突然就掉进来了！当我正准备爬起来瞧瞧我在哪儿时，就被一个家伙砸到了。没想到是你！"

"就是我啊！"

"嗯！"小猪皮吉边说边凑到阿噗身边，紧张兮兮地问："你觉不觉得我们现在是掉进陷阱里了？"

原本阿噗并没想到，现在他也认可地点了下头。

他记起以前为了把长鼻怪抓住，就和皮吉一起做了个"阿噗陷阱"。现在他终于明白究竟发生了什么事。

"如果这会儿长鼻怪来了，我们该怎么办呢？"小猪皮吉问道。

他听阿噗说起这件事后，非常担心。

"皮吉，你才这么小，或许他根本不会发现你。"阿噗为了给他打气，这么说道。

"不过他会发现你的，阿噗！"

"他能发现我，我也能发现他啊！"阿噗思考了片刻，又说，"我们还会对视很长时间，然后，他会发出'哼——哼——'的声音。"

光是听到"哼——哼——"声，小猪皮吉就被吓得全身发抖，连耳朵都开始不停地抖动着。

"那么……你会怎么说呢？"皮吉问。

阿噗认真地思考了一会儿，但并没有想出来哪句话可以回应长鼻怪的"哼——哼——"声。

终于，阿噗说："我一句话也不说，我就装作像是在等待什么一样，为自己哼一首小曲子。"

"那么，他还会再发出'哼——哼——'声吗？"小猪皮吉害怕地问道。

"嗯，他会的。"

小猪皮吉的耳朵抖动得更厉害了！他只能把耳朵紧紧地贴在陷阱边上，好使它们不再抖动。

"他会继续发出声音的，不过我也会继续哼我的曲子。"阿噗说，"这样一来，他一定会不耐烦的。"

"当一个人用说风凉话的语气连续发出两遍'哼——哼——'声，而对方却一直在哼自己的曲子时，如果他还想再发出一遍那种声音……那么……这样……他便知道……"阿噗边思考边说。

"知道什么？"皮吉问。

"知道他不……"

"他不什么？"

其实，阿噗明白自己要说什么，但他是一只熊，脑子不太够用，所以一时之间找不到适合的词把自己的想法说出来。

"这个，总之就是他不是。"阿噗说。

"你是想说不是'哼——哼——'了吗？"皮吉说道，他的语气就像是已经知道了答案一样。

阿噗钦佩地望着他，告诉他这就是自己想表达的意思——假如你总是自顾自地哼自己的曲子，那长鼻怪就不能一直发出"哼——哼——"声了。

"不过他应该还会说其他的话的。"小猪皮吉说。

"是啊，他会说'这究竟是怎么啦？'然后我会告诉他'这个陷阱是我为长鼻怪做的，我正等着长鼻怪掉进来呢！'啊，皮吉，这个主意是我刚刚想到的呢，真是个好主意啊！"阿噗说，"然后，我就接着哼我自己的曲子，他一定会觉得忐忑不安的！"

"阿噗，你已经把我们都救啦！"小猪皮吉开心地大喊，这时，他可钦佩阿噗啦。

"是吗？"阿噗问。他没那么自信，但小猪皮吉却非常肯定。

小猪皮吉开始发挥想象力，想象阿噗和长鼻怪对话的情景。

突然，他又觉得有些悲伤，他想，如果是自己在和长鼻怪欢乐地对话，而不是阿噗，那得多好啊！

虽然他非常喜欢阿噗，但他觉得自己比阿噗更有头脑，假如是他跟长鼻怪对话，一定能让对话更加绝妙。

在这之后的一个夜晚，当小猪皮吉回忆起那天的对话时，他的心里舒畅极了。他是那么的勇敢，就好像长鼻怪没在他对面一样。

现在看起来简单多了，他很清楚自己要说什么。

长鼻怪（幸灾乐祸）："哼——哼——"

小猪皮吉（满不在乎）："滴——答——滴——啦——，滴——答——滴——啦——"

长鼻怪（觉得非常诡异，不那么自信了）："哼——哼——"

小猪皮吉（依然满不在乎）："滴——答——滴——啦——，滴——答——滴——啦——"

长鼻怪（正准备发出第三遍"哼——哼——"时，却换成了尴尬的一声咳嗽）："嗯……发生了什么？"

小猪皮吉（故作诡异）："嘿！这个陷阱是我做的，正等着掉下来一只长鼻怪呢。"

长鼻怪（非常失落）："啊，我的天啊！（沉默了好久）是真的吗？"

小猪皮吉（非常肯定）："当然！"

长鼻怪（非常局促）："噢！我……本来以为这个陷阱是我挖的，想要抓住小猪皮吉呢！"

小猪皮吉（非常惊讶）："啊！不！"

长鼻怪（一副不好意思的样子）："噢！那这样一来，一定是我弄混了。"

小猪皮吉："我也是这么想的，不好意思啦！"（非常客套地说完，接着哼起曲子）

长鼻怪："哦，好……好吧……我……嗯……好吧……我想我还是离开好了。"

小猪皮吉（故作镇定地看向上方）："你要离开了？嗯，行吧。不过假如你偶然看见了克里斯托弗·罗宾，请转告他我希望见到他。"

长鼻怪（极力讨好）："嗯嗯，一定会的！"（然后就匆匆地离开了）

阿噗（其实应该是没有他的，不过小猪皮吉感觉少了他自己不能说下去了）："哇！皮吉！你怎么这么聪慧和勇敢啊！"

小猪皮吉（非常谦逊）："哪有啊，阿噗。"

（等会儿克里斯托弗·罗宾来了之后，阿噗会把这件事从头到尾告诉他）

在小猪皮吉还没从这个美好的梦中醒过来的时候，阿噗已经在想着他是有十四罐还是十五罐蜂蜜了。

所有的人都还在森林里寻找着小不点儿。

"小小甲壳虫"才是小不点儿真正的名字，只有在别人跟他说话的时候才会叫他"小不点儿"，但这样的情况也极少出现。

除非，有人真的会跟他打招呼："嘿！你可真是个小不点儿！"

之前，他与克里斯托弗·罗宾待在一起，他们一直围着一棵矮矮的荆豆树不停地转圈，不过他并没有从另一端转回来。

跟大家想的一样，他再也没出现过，所有人都不知道他到底去哪儿了。

"我觉得也许他回家了。"克里斯托弗·罗宾跟小兔子瑞毕说。

"他说过'你让我觉得非常开心，谢谢你，再见啦！'这样的话吗？"小兔子瑞毕问。

"'你好哇。'他只是这样说了。"克里斯托弗·罗宾说。

"噢！"瑞毕思考了一会儿，又问，"他有没有留下一封信说明他在这里过得多么快乐，但很不好意思突然就这么着急地离开了？"

克里斯托弗·罗宾认为他并没有留下信件。

"啊！噢！"小兔子瑞毕继续说道，就像是在说着一件无比重大的事情，"这样就非常严重啦！他消失了，不见了！现在，我们应该立即去寻找他。"

克里斯托弗·罗宾这会儿心里正想着其他的事情，他问："阿噗呢？"可是，小兔子瑞毕已经走了。

克里斯托弗·罗宾只好回屋去了，他把阿噗在早上七点走远路时的样子画了下来。

接着，他爬到一棵大树的树顶上，然后又从上面爬下来。他想，现在阿噗在干吗呢？这么想着，他便决定去森林里看一下情况。

没一会儿，他便看到了那个大坑，向下一望，阿噗和小猪皮吉正在下面，背对着他幻想着各自的美梦呢。

"哼——哼——"突然，克里斯托弗·罗宾大喊道。

这可把小猪皮吉吓了一大跳，蹦起了一米多高呢。

而阿噗依然在做着自己的美梦。

"长鼻怪来啦！就是现在！"小猪皮吉自言自语地说着。他用嗓子悄悄地哼唱了几句，不过却连一个字也没哼出来。

接着，他又用最随意、从容的样子，哼起了"滴——答——滴——啦——，滴——答——滴——啦——"，听起来就像是他刚刚才想出来的歌。

但他并没有转过头去，他害怕看见长鼻怪正凶狠地低头看着自己，那样他就想不起自己该怎么说了。

克里斯托弗·罗宾知道阿噗以前编过一首曲子：

滴——答——滴——啦——，滴——答——滴——啦——，

滴——答——滴——啦——，滴——答——滴——啦——，

哐——嘟——嘟——哐——嘟——嘟。

　　于是，他学着阿噗的声音哼唱道："哐——嘟——嘟——哐——嘟——嘟。"每次他唱这首曲子的时候，都会学着阿噗的声音，这样才会让曲子变得更加美妙。

小猪皮吉纳闷儿地想："他说错啦，他还要再说一遍'哼——哼——'才对呢，或许我应该来帮他说一遍。"

于是，小猪皮吉用自己最厉害的声音大喊："哼——哼——"

"小猪皮吉，"克里斯托弗·罗宾用正常的声音说道，"你怎么到下面去的呢？"

"这真是可怕极了！他先是用阿噗的声音，现在又用克里斯托弗·罗宾的声音，"小猪皮吉心想，"他是想用这样的方法给我捣乱呢。"

这时，小猪皮吉已经被吓得头脑混乱了，他用又尖又细的声音大喊："这个陷阱是给阿噗做的，我正在等阿噗掉下来！'哼——哼——'就是这样，我要再说一遍，'哼——哼——'"

"嗯？"克里斯托弗·罗宾不解了。

"这是我刚做好的一个要抓住'哼——哼——'的陷阱，"小猪皮吉骄傲地说道，"我正等着'哼——哼——'从上面掉下来呢！"

谁也不清楚小猪皮吉还想将这种对话持续多久。

这时，阿噗醒了，他终于确定自己一共有十六罐蜂蜜了。

突然，他感觉后心的部位很痒，像是有什么东西在上面爬。他爬了起来，把头扭向后面，想让那个让自己痒痒的东西停下来，好让自己舒服一点儿。

这时，他正好看到了克里斯托弗·罗宾。

"嗨！你好！"他开心地大叫着。

"你好哇！阿噗！"

小猪皮吉迅速地抬起头，然后又立刻低下头。他感到非常难为情，恨不能马上就到海边去做个水手。

突然，他发现了一个东西。

"阿噗，有一个家伙在你的背上爬呢！"他大喊道。

"我也觉得是有个家伙。"阿噗说。

"小不点儿！"小猪皮吉喊道。

"噢！是那个谁，是吗？"阿噗问。

"我们找到小不点儿啦，克里斯托弗·罗宾！"小猪皮吉大叫道。

"做得漂亮！小猪皮吉。"克里斯托弗·罗宾夸赞了他。

听到别人的夸赞，小猪皮吉非常高兴，他又决定不去海边当水手啦。

后来，他们在克里斯托弗·罗宾的帮助下，从大坑里爬了出来，一起手拉着手离开了。

两天之后，在森林里，小兔子瑞毕和伊尔恰巧撞见了。

"嗨！伊尔，你在寻找什么呢？"小兔子瑞毕说。

"小不点儿啊！难道你没长脑子吗？"伊尔说。

"啊！难道我两天前没跟你说，已经找到小不点儿啦？"

瞬间，两人都没了声响……

"呵呵……"伊尔干笑了两声，说，"那真是太棒啦！不用不好意思，经常会出现这样的事情。"

老虎真的不会爬树

　　一天，阿噗正在思考一些事情，他觉得自己应该去看望一下伊尔。因为自从昨天开始，他就再也没有遇到过伊尔啦。

　　于是，他从石楠花丛穿过，边溜达边哼着歌往伊尔家走去。

　　突然，他又记起从两天前开始，他就没有遇见过猫头鹰。于是，他便想顺路到百亩森林去看一下猫头鹰是不是在家。

　　阿噗边走边唱地来到了小溪边，那里有许多石头。当他踩在第三块石头上面的时候，又在想："袋鼠妈妈、袋鼠宝宝和跳跳虎他们都在森林的那边住着，不知道他们现在过得好不好呢？我已经很长时间都没看到过袋鼠宝宝了，如果我今天还是没去看他的话，那我就有更长一段时间没见过他啦。"

　　于是，他坐到小溪中央的一块石头上，一边思考着自己究竟该怎么办，一边哼起歌来：

　　　我能去看望袋鼠小豆，

清晨将因此欢笑不休，

我也能只做一只小熊，

那样我也会快乐依旧。

这些都不要紧，

只要我没有变得更胖，（我并没有很胖）

做什么事情都不要紧。

　　阳光是如此的舒适暖和，坐久了的石头也开始变得热乎乎的，这一切都是这么的惬意！

　　阿噗甚至想自己一个人在这小溪中央的石头上坐着，来度过这个美好的早晨。

　　突然，他又想到了小兔子瑞毕。

　　"小兔子瑞毕，嗯，我很爱跟他说话。"阿噗自言自语地说，"他不像猫头鹰那样，总是说些长长的、让人很难理解的话，他的话都是非常有意思的，而且都非常简单明了，例如'我们一起吃午餐吧''随意吃吧，阿噗'。我觉得，我应该去看望一下小兔子瑞毕。"

　　这时，他又想起了一首曲子：

　　　　啊！他讲话的方式，

　　　　我很喜欢，嗯，我很喜欢。

那是两个人之间，

最舒服的讲话方式。

跟小兔子瑞毕一起随便吃饭，

虽然也许会变成一种习惯，

不过也会是使人开心的习惯。

总之阿噗觉得非常喜欢。

当他把这首歌唱完之后，便从石头上站了起来，接着，他跨过小溪朝着小兔子瑞毕家的方向走去了。

可还没走一会儿，他又对自己咕哝着："万一小兔子瑞毕没在家里，出门了呢？或者，跟上次似的，我又在他家的门口被夹住，不得不退回来呢？他家的前门那么小。嗯，我倒是清楚自己并没有变胖，可万一他家的门变瘦了呢？所以，是不是应该这样，假如……"

阿噗一边不断地自言自语，一边想也不想地径直朝西面走去。

突然，阿噗发现他走到了自己的家门口，而这时又恰好是十一点，吃午饭的时间……

三十分钟过后，阿噗就去做了那件他想了很久的事情——去小猪皮吉家。

他咚咚咚咚地朝着小猪皮吉家走去，边走边用手背擦拭自己的嘴巴。

他的气息吹动手背上的毛毛，于是，他唱起了一首"毛茸茸"的歌：

我要去看望小猪皮吉，

然后度过一个美妙的清晨，

如果我没有去看望他，

那么我将不会度过一个美妙的清晨。

如果我没有去看望猫头鹰和伊尔（或许是别人），

这些都没关系，

我也不会去看望猫头鹰和伊尔（或许是别人），

即使是克里斯托弗·罗宾。

这么写出来的歌，好像不是一首很棒的歌曲。

不过，这首歌是在如此阳光普照的日子写出来的，而且是在十一点三十分，通过阿噗那淡棕色的毛毛唱出来的，这倒让他认为这是他创作的全部歌曲中最好听的一首。

于是，他便一直这样唱着。

而此时，小猪皮吉正在他的屋外挖坑呢。

"嗨！小猪皮吉，你好哇！"阿噗说。

"你好哇，阿噗！"小猪皮吉被吓了一跳，说："其实，我知道是你。"

"嗯，我也知道是你！"阿噗说，"你在干吗呢？"

"种橡果呢！"小猪皮吉说，"它会变成一棵大的橡果树，还会长出数不清的橡果，就在我家的门口！如此一来，我就不用再跑到几米外的地方采橡果啦！阿噗，你明白吗？"

"如果它不会结出橡果呢？"阿噗说。

"不会的，克里斯托弗·罗宾说它会结出橡果的，因此我才种下了它。"

"这样的话，如果我把蜂窝种到我家的门前，它会长出带蜂蜜的蜂窝吗？"

这个问题，小猪皮吉就不知道啦。

"或许就仅仅是一小片蜂窝，这样就避免浪费太多啦！"阿噗说，"不过，这样我也就只能拥有一小片蜂窝，没准儿还不对我的胃口——它们也许只是会嗡嗡叫的蜜蜂，而不是会采蜜的蜜蜂。唉！烦人！这可真麻烦！"

小猪皮吉也很同意阿噗这样说——是啊，这样的确是很麻烦呢！

"阿噗，除了这些问题，种东西也很不简单呢，"小猪皮吉说，"除非你很清楚要怎么种东西。"

说着，他便在挖好的坑里撒下橡果种子，又用土把坑埋上，然后又使劲地在上面跺脚。

"我清楚啊。克里斯托弗·罗宾给了我一颗杭金莲的种子，而且我也把它种下啦，它会在我家的门口生长出来呢！"阿噗说。

"我觉得或许叫它旱金莲更合适吧。"小猪皮吉边跺脚边怯懦地说着。

"不是，旱金莲跟它不一样，它叫杭金莲。"阿噗说。

等到小猪皮吉跺好之后，他又把蹄子在身上蹭了蹭，然后问："接下来我们要干吗呢？"

"要不然，我们一起去看望袋鼠妈妈、袋鼠宝宝和跳跳虎吧！"

"嗯……好吧……"小猪皮吉还是有些害怕跳跳虎，他说起话来都结结巴巴的，"那……我们就去看望他们吧。"

小猪皮吉觉得跳跳虎太能跳了，即使他只是说声"嗨！"都会把沙土带起来弹到你的耳朵里面去。有时就连袋鼠妈妈也无法忍受，她总是温柔地对跳跳虎说："亲爱的跳跳虎，不要总是跳来跳去的。"

接着，他们便朝着袋鼠家出发啦。

那天清晨，袋鼠妈妈刚好打算清点一下家里的东西——袋鼠宝宝的衣服、跳跳虎的两个围嘴、家里剩余的香皂等。

袋鼠妈妈把水田芥叶三明治给了袋鼠宝宝，把麦芽膏三明治给了跳跳虎，让他们到森林里去玩儿，去度过一个美好的清晨，以防他们在屋子里面捣乱。

于是，他们便出门了。路上，跳跳虎把老虎全部的本事都告诉了袋鼠宝宝（刚好他也想了解），好让袋鼠宝宝知道老虎都可以做些什么。

"老虎可以飞起来吗？"袋鼠宝宝问。

"可以啊，老虎是非常棒的飞行员，是非常厉害的飞行能手呢！"

"哦！那他们会比猫头鹰飞得好吗？"

"当然！除非他们不想飞。"

"为什么不想飞呢？"

"嗯……这个，我就不知道啦，有些时候，他们是不想飞的。"

这句话袋鼠宝宝并不是很理解，因为他认为飞行是一件非常美好的事情。而跳跳虎说的话，却很难让一个不是老虎的小动物完全领悟。

"那，老虎可以跟袋鼠一样，跳得很远吗？"袋鼠宝宝又问。

“可以，不过仅仅在他们想跳的时候。”跳跳虎说。

“我很爱跳远呢，现在我们比一下谁能跳到更远的地方吧，你能行吗？”袋鼠宝宝说。

“我能行，不过不是现在，现在我们得继续走，否则就会耽误大事。”

“耽误什么？”

“就是不能做我们想做的事情啦。”跳跳虎解释说，然后就匆匆地朝前面走去。

没过多久，他们便到了六棵松。

“我可是会游泳呢，我下水后，就可以游起来。”袋鼠宝宝说，“老虎也能游泳吗？”

“当然啦！老虎可是什么都会的！”

“那……老虎跟阿噗比，谁爬树爬得好呢？”袋鼠宝宝停在一棵最高的松树下面，望着树顶说。

“老虎最棒的本领就是爬树啦！我比阿噗爬得可要棒多啦！”跳跳虎说。

“那么，老虎能爬到这棵树上吗？”

“这样的树，老虎每天都是爬上去再爬下来的。”

“哇！老虎真的能爬到上面去吗，跳跳虎？”

“那我爬上去让你看看吧！而且，我还能让你坐在我的肩膀上看着我爬上去呢！”跳跳虎自信地说道。

跳跳虎心想，之前他说过的老虎能做的事情中，他最有信心可以做好的就是爬树啦！

"哇！跳跳虎！哇！哇！跳跳虎！"袋鼠宝宝激动地大叫着。

接着，他就坐到跳跳虎的肩膀上，做好了一起爬树的准备。

当他们刚刚爬到三米高时，跳跳虎说："看！我们已经爬上来啦！"

当他们又爬过一个三米时，跳跳虎说："我就告诉你嘛，老虎一直以来都是擅长爬树的！"

当他们爬过第三个三米时，跳跳虎说："我告诉你啊，能做到这样可不是件容易的事呢！"

当他们再次爬过一个三米时，跳跳虎说："再往上爬肯定会掉下去啦！我们下去吧。"

一会儿后，他又说：

"哪个会比较难呢？"

"不然就掉下去……"

"到那时会……"

"简单。"

最后两个字的话音还没落，跳跳虎站着的那根树枝就突然折断了。

就在他以为自己会摔下去的时候，他正好把上面的一根树枝抓在了手里。于是，他小心地把下巴也放在了树枝上面，然后是两条后腿。

终于，他爬到了那根树枝上！

跳跳虎大口地喘着粗气，心想：真希望刚刚是去游泳了，而不是在这儿爬树。

袋鼠宝宝从他身上下来，坐在了他的身边。

"哇！跳跳虎！我们是不是爬到树顶啦？"袋鼠宝宝兴奋地说。

"还没到呢。"跳跳虎说。

"我们还要继续爬上去吗？"

"不爬了。"

"哦。"袋鼠宝宝失望地叹了口气，不一会儿又充满期待地说道，"刚刚那一刹那可真刺激啊！你装得我们会'砰'的一声摔下去似的，不过我们又爬了上来！你希望再这样玩儿一回吗？"

"不希望。"

袋鼠宝宝安静了一会儿后，说："那我们现在去吃三明治，行吗，跳跳虎？"

"好哇！三明治在那里呢？"跳跳虎说。

"树下呢！"袋鼠宝宝说。

"那我想这会儿我们还是先别吃了。"跳跳虎说。

没多久，阿噗和小猪皮吉也一起来到了这儿。

阿噗哼着曲子告诉小猪皮吉，他做什么都没关系，只要他没变胖。其实小猪皮吉也没感觉自己胖了，不过一切都无所谓。

小猪皮吉一直在想，他的橡果还得等多长时间才能生长出来呢？

"快看啊！阿噗！有个什么东西在那棵松树上！"突然，小猪皮吉大喊一声。

"嗯，是啊！"阿噗边回应边思考那是什么东西，"是只动物。"小猪皮吉担心会把阿噗吓坏了，于是把阿噗的一只胳膊咬住了。

"那是非常恐怖、非常凶狠的动物吗？"小猪皮吉把脸扭向另一边，问道。

阿噗点了点头，说："那是美洲虎。"

"他们要做什么？"小猪皮吉希望他们什么也不会做。

"他们都在树枝上藏着，当你靠近时就会朝你扑过来。这还是克里斯托弗·罗宾跟我说的呢。"

"要不然，我们就别去树下面了，不然他扑过来时伤害到他自己怎么办呢。"

"不会的，他们非常厉害，会很准地扑到你身上。"

在一个既凶狠又会爬树的动物的下面停留，小猪皮吉认为这很不明智。当他正准备回去拿某个被遗忘的东西时，美洲虎冲着他们喊道："救救我啊！救救我啊！"

阿噗觉得很有趣，他说："美洲虎总是这样，大喊着'救救我啊！救救我啊！'可当你看向上面时，他们便会往你身上扑过来。"

"我是向下面看的！"小猪皮吉吓哭了，他大叫着祈祷美洲虎别弄错了，乱扑到自己身上。

这时，美洲虎旁边的家伙听到了他们的对话，大叫道："阿噗！小猪皮吉！"

一瞬间，小猪皮吉认为这天并没想象中那么糟糕，到处都是温暖的阳光……

"阿噗，我认为他们是跳跳虎和袋鼠宝宝。"小猪皮吉说。

"嗯，刚开始我还觉得那是两只美洲虎呢。"阿噗说。

"嗨！袋鼠宝宝，你在干吗呢？"小猪皮吉大声说道。

"我们下不去啦！下不去啦！阿噗，有意思吗？有意思吗？"袋鼠宝宝大叫着，"我和跳跳虎就跟猫头鹰一样，要在树上住，而且一直这么在树上住下去。"

"我能望到小猪皮吉的家，"他接着说，"皮吉，我可以在这儿看见你的家呢。我们是不是很高？猫头鹰的家有我们这么高吗？"

"袋鼠宝宝，你用什么办法爬到上面去的？"小猪皮吉问。

"就是骑在跳跳虎的后背上啊！老虎的尾巴会把他们后退的路给挡住，所以他们只能往上爬，不能往下爬。"袋鼠宝宝说，"刚刚我们往上爬的时候，跳跳虎忘了这一点啦，他现在才记起来。不过，我们能一直都在这上面住啦——其实我们可以再往高处爬。你怎么想，跳跳虎？"

"啊！假如我们还往高处爬的话，小猪皮吉的家看起来就模糊啦，我们还是就在这儿吧。"

"皮吉，我们要做些什么呢？"阿噗非常严肃地说。说完，他便开始把跳跳虎的三明治放进嘴里。

"他们是被夹在那里了吗？"小猪皮吉非常担心他们。阿噗把头点了一下。

"你不可以爬到他们那儿吗？"

"可以，我能背下袋鼠宝宝，但没办法背下跳跳虎。小猪皮吉，我们还得想其他办法。"阿噗边把袋鼠宝宝的三明治放进嘴里，边思考着。

很难说，在阿噗把三明治全部吃光前，他能想到点儿什么办法。

但在他准备吃倒数第二口时，一阵"哗啦哗啦"的声响从凤尾草丛里传了出来。

啊！是伊尔和克里斯托弗·罗宾！

"即使明天会下起冰雹或暴风雪，我也认为很正常，今天的天气好并不能代表什么。天有不……那句话是怎么说的？算啦，反正这天气也就是一会儿的事！"伊尔说。

"阿噗在那里呢！"克里斯托弗·罗宾叫道，他认为今天外出时天气很好就可以啦，并不在意明天天气如何。

"嗨！阿噗！"

"是克里斯托弗·罗宾！他一定能想出办法的！"小猪皮吉说。然后，他们就朝着克里斯托弗·罗宾跑了过去。

"啊！克里斯托弗·罗宾！"阿噗说。

"伊尔也在呢。"伊尔说。

"袋鼠宝宝和跳跳虎爬上六棵松啦，不过现在下不来，还有……"

"刚刚我还说，如果克里斯托弗·罗宾……"小猪皮吉插了句嘴。

"还有伊尔……"

"如果你们都在，一定会想出办法来的！"

克里斯托弗·罗宾认真地想着，他抬起头望向跳跳虎和袋鼠宝宝。

小猪皮吉热情地说："我想说，如果伊尔在树

下站着，阿噗在伊尔的后背上站着，我在阿噗的肩膀上踩着……"

"而且如果伊尔的后背'嘎嘣'一下折了，所有人就会不停地笑。哈哈！那应该也蛮有趣的。不过没有大用处。"伊尔说。

"那，我觉得……"小猪皮吉温柔地说。

"伊尔，你的后背会折吗？"阿噗觉得非常诧异。

"阿噗，你一直都是在最后一刻才弄明白事实。这就是最有趣的事。"

"哦。"阿噗这样说。

然后，他们继续想办法。

"我想到一个办法！"突然，克里斯托弗·罗宾说。

"小猪皮吉，听好，等下你就清楚我们要怎么做了。"伊尔说。

"我脱下我的外套，然后我们四个分别拉紧一个角。"克里斯托弗·罗宾说，"让跳跳虎和袋鼠宝宝蹦到这上面，既有弹力又非常舒服，他们也不会受伤。"

"这样可以把跳跳虎也弄下来，还不会有人受伤。收回你刚刚的主意吧，小猪皮吉，不用你的啦。"伊尔说。

不过，小猪皮吉一句话都没听进去，他光想着能见到克里斯托弗·罗宾那条蓝背带，就觉得非常激动！

他在非常小的时候，曾经见到过一次。由于当时非常激动，他那天晚上上床睡觉的时间比平时提前了三十分钟。并且他也总是会思考那条蓝背带会不会跟原来一样，那么蓝，那么让人激动。

当克里斯托弗·罗宾把外套脱掉后，皮吉惊喜地发现背带还是那么蓝！这时，他觉得就连伊尔也变得非常和善了。他顺手抓住身边的衣角，对着伊尔幸福地笑了。

伊尔扭过头，轻声地说："跟你说，我可不保证不会出现意外。意外可是很神奇的东西，只有遇见了才会知道。"

袋鼠宝宝清楚自己要做什么事情后，显得非常兴奋："跳跳虎！跳跳虎！我们马上就要蹦下去啦！跳跳虎！你看我蹦啊！我蹦下去就好像飞起来似的，老虎可以吗？"

接着，他又大喊着说："克里斯托弗·罗宾！我要蹦啦！"

说完，他就蹦了下来，刚好落在了外套的中心。袋鼠宝宝随即被弹了起来，就像刚刚在树上那么高，因为他蹦下来的速度太快啦。他不停地弹上去又落下来，嘴里还不停地叫着："哇哦！哇哦！"

过了很久，他终于不再弹上落下了，但嘴里还在感慨："啊！啊！这可真是太神奇啦！"

接着，他们就把袋鼠宝宝放到了地上。

"蹦啊，跳跳虎！一点儿都不难！"袋鼠宝宝大声喊道。

跳跳虎使劲儿攥着树枝，自言自语道："袋鼠宝宝是跳跃性动物，对他来说当然一点儿都不难，但老虎是游泳性动物，这可是非常难的！"

然后，他又幻想着自己从一个岛屿游到了另一个岛屿，或是拍着河水，或是躺在河面上随波逐流，那才是老虎该过的生活呢！

"来吧，你会很安全的。"克里斯托弗·罗宾也这样喊道。

"等一下，一块小树皮差点儿落到我的眼睛里了。"跳跳虎非常紧张地说，并顺着树枝慢慢地挪动。

"这太简单啦，快点儿！"袋鼠宝宝用又尖又细的声音再次喊道。

瞬间，跳跳虎也认为这件事确实一点儿也不难。

"呜呼！"看到大树从身边一闪而过，跳跳虎大叫一声。

"注意点儿！"克里斯托弗·罗宾提醒大家。

突然，一声巨响伴随着衣服的撕裂声，大家全都东倒西歪地躺在地上，混乱不堪。阿噗、小猪皮吉和克里斯托弗·罗宾最先站了起来，他们又依次拉起跳跳虎和压在最下面的伊尔。

"啊！伊尔！你感觉怎么样，受伤了吗？"克里斯托弗·罗宾担心地叫道。

伊尔没有说话，过了很久他才问："跳跳虎呢？"

"在那儿呢，跳跳虎在那儿呢。"克里斯托弗·罗宾说。跳跳虎又开始在那边跳来跳去了。

"那麻烦帮我感谢他。"伊尔说。

小兔子瑞毕忙了一天的大发现

这天，小兔子瑞毕比以往每天都忙。

他刚起床便觉得自己是那么的重要，就像自己能主导一切事情一样。

这个清晨是多么的美好啊，他可以举办一个活动，或是以小兔子瑞毕签名写一则通知，又或是征求大家的建议。

他可以匆忙地跑到阿噗家打招呼："嗨！你好啊！那么，我要去看望小猪皮吉啦！"之后，他还可以去小猪皮吉家逛逛，也可以说："阿噗认为……或许我首先要去看望猫头鹰。"

这多么像指挥官的一天啊！尤其是当大家说"是，小兔子瑞毕""不是，小兔子瑞毕"时。

所有人都在等待着他的指挥。

瑞毕从屋里走到外面，闻了下春天清早暖和的气息，想着：我要做点儿什么呢？

离得最近的是袋鼠家，而袋鼠宝宝说"是，小兔子瑞毕""不是，小兔子瑞毕"这句话是最好听的，森林里谁都比不上他。

不过，这会儿那里还住着一只怪怪的总是跳来跳去的动物——跳跳虎。每次告诉他路线后，他总是会走在最前面，然后消失在你的视线之外，直到到达终点他才会出现，并骄傲地说："我们到了！"

"不去，不要去袋鼠家。"阳光下，瑞毕摸了下胡子对自己说道。为了避免自己会去袋鼠家，他还向左转，往克里斯托弗·罗宾家的方向走了过去。

"说到底，还是克里斯托弗·罗宾需要我。"瑞毕自己咕哝着，"他很喜欢阿噗、皮吉和伊尔，我也喜欢。不过，他们的脑袋都空空如也，根本就不足挂齿。"

接着，瑞毕又说："他对猫头鹰也很敬重，因为他们对于一个能写出'周二'的人总是非常崇拜的。虽然能写出'周二'也没什么稀奇，甚至有时猫头鹰也会写错。但袋鼠妈妈非常忙碌，袋鼠宝宝太小啦，她得照顾他。而跳跳虎只顾着自己跳也不能帮上忙。因此，也就只有我算得上不错啦！我得去看一下克里斯托弗·罗宾是不是需要我帮忙。"

今天可真是个干活儿的好日子。

于是，瑞毕开开心心地向前跑去了。不一会儿，他就跑到了小溪那儿，他的亲友们都在那里住着。

看见刺猬时，瑞毕只点了点头，连手都没招，而遇到别的动物时却装模作样地说了句"早上好啊"。但是，他跟小动物就非常有礼貌地说"嗨，你也在这儿呢！"然后就挥挥手，扭头离开了。

小兔子瑞毕一路上都非常开心，不过没有人知道他要做什么。

甲壳虫一家都飞向了百亩森林，连亨利·拉式也是。他们爬向树顶，无论出什么事，他们都想看清楚接下来会发生什么。

瑞毕匆忙地顺着百亩森林的边缘向前走去，他觉得每一分钟都非常重要。没多久，他便到了克里斯托弗·罗宾的家。

他敲了敲门，叫了几声，又倒退几步，用爪子把阳光挡住，朝着树顶上大叫。

然后，他再次回过头说："嗨！你能听到吗？我是小兔子瑞毕啊！"不过，一切还是那么安静，并没发生什么。

于是，他不再大喊，而是认真地听着，周围的一切也跟着他安静地听着。

阳光下，森林变得寂静极了。

突然，一只云雀在他脑袋上面三十米的高空处，开始歌唱。

"真烦人！他不在家！"瑞毕说。接着，他又走到克里斯托弗·罗宾家的绿色大门前，再次确定了一下。

突然，他觉得这个清晨都白白浪费了。

他打算离开，可这时，他看到地上有一张别着别针的纸条，好像是刚掉下去的。

"哈哈！是一则通知！"瑞毕又变得开心啦。

纸条上面写着：

不在家。

立克（刻）回。

非常芒（忙），

立克（刻）回。

"哈哈！我得去跟大家说！"瑞毕说完便立刻跑开了，就像有一件要紧事等着他去做一样。

现在就数猫头鹰家离这里最近了。于是，瑞毕找了条最近的路，向百亩森林中的猫头鹰家走去。

站在猫头鹰家门口，瑞毕敲了下门，按了下门铃，又按了下门铃，然后又敲了下门。

终于，门打开了。

"一边儿去，我正思考问题……"猫头鹰把头伸出来说，"啊！是你啊！"他经常这么说话。

"猫头鹰，我认为我们两个是最有头脑的，别人的脑子里装的只有糨糊。"瑞毕简明扼要地说，"假如森林里出现需要出主意的事情——我的意思是需要开动脑筋的事情，那就只能靠我们两个了。"

"嗯，其中一个是我。"猫头鹰说。

"念出上面的字。"瑞毕说。猫头鹰把那张纸条从瑞毕的手中拿过来，非常认真地看着。

他可以认出自己的名字"毛（猫）头鹰"，还能认出"周二"，然后就能知道那天不是周三。如果你没有一直追问"上面说什么"或者没有在他的身后念字，他便可以流利地读出纸条上的字，还可以……

“它说了什么？”瑞毕问。

“嗯，我明白你什么意思了，而且我很确定。”猫头鹰说，脸上一副非常聪明、非常有主意的表情。

“上面写了什么？”

“毋庸置疑，我很确定。”猫头鹰说。

“假如你没来找我，我也会去找你的。”他思考了一会儿后又说道。

“怎么回事？”

“就是由于那个原因。”猫头鹰说，他期盼瑞毕可以说些能帮助他的话。

“我昨天早上去找克里斯托弗·罗宾时，”瑞毕说，“他也不在家，而且也有一张通知用别针别在了门上。”

“跟这个一样吗？”

“不一样，不过内容一样。真是太古怪啦！”

“是啊！”猫头鹰边说边再次看了看那张纸条。

突然，猫头鹰想，是不是克里斯托弗·罗宾发生了什么事？于是，他问道：“那你有没有做什么？”

“没有。”

“这是再好不过啦。”猫头鹰聪慧地说道。

“为什么这么说？”

猫头鹰预料到瑞毕会这么问他，于是，他又说："毋庸置疑。"可一瞬间，他却再想不出接下来要说什么了。一会儿后，他突然有了个想法。

"瑞毕，你把昨天那张纸条上面的字全部念给我听。"他说，"这是非常重要的，它能决定一切事物。快告诉我，昨天那张纸条上写的所有的字。"

"跟这张一样，真的！"

猫头鹰盯着他，想着究竟要不要将他从这里推出去。而且，他觉得，不管任何时候他都能把瑞毕推到外面。现在，最主要的事情还是想办法把昨天那张纸条上写了些什么问出来。

"麻烦告诉我昨天那张纸条上面写的所有的字。"猫头鹰又说，就像没听到瑞毕刚刚的话一样。

"我刚才说了，跟这张的一样，'不在家。立克（刻）回。'这张上面只多了'非常芒（忙），立克（刻）回。'罢了。"

"哦！我找到问题的根源啦。"猫头鹰喘了口粗气说。

"嗯，不过，到底克里斯托弗·罗宾去哪儿了？这是问题的关键。"瑞毕说。

猫头鹰又把纸条看了一遍。他觉得就凭自己受过的教育的程度，明白这张通知的意义易如反掌。通知上经常都会出现这些字："不在家。立克（刻）回。非常芒（忙），立克（刻）回。"

"亲爱的瑞毕，从这上面不难发现究竟发生了什么。"猫头鹰说，"克里斯托弗·罗宾跟'立克回'一块儿出去了，他们都非常忙。你这一段时间看见'立克回'出现在森林里了吗？"

"我不清楚，我也是想问你，你知道他长什么样吗？"瑞毕问。

"呃……绿色的或是长满斑的'立克回'是个……"

"基本上……"

"其实，他更……"

"当然，也是由于……"

"他们长得什么样，我也不清楚。"猫头鹰诚实地说。

"谢谢！"说完，瑞毕就急匆匆地去找阿噗了。他刚走不远，就听到了一个声音。

于是，他停下来，认真地听着：

噢！蝴蝶在自由地飞翔，

寒冷的冬天正在走远，

樱花草正使劲儿地发芽、生长。

斑鸠一直咕哝哝，

树枝也在抽条成长，

绿草上的草桂花，也想变得更蓝。

噢！蜜蜂不停地拍打着翅膀，

永不停止地歌唱，

充满了欢乐的夏季，就快到了。

牛群不停地哞哞叫，

斑鸠不停地咕咕叫，

因此阿噗，沐浴在阳光下欢唱。

一切都充满了春天的景象，

你能看见唱着歌曲的云雀鸟，

摇着铃铛的风铃草，

它们的音乐全部都能听到。

布谷鸟不再轻声低吟，

它正开心地放声歌唱，

阿噗也在开心地唱着歌，

就像布谷鸟一样。

"嗨！阿噗！"小兔子瑞毕说。

"嗨！瑞毕，你好哇！"阿噗觉得像是在做梦似的。

"刚刚那首歌是你写的吗？"

"嗯……也可以这么说。"阿噗说，"其实，这根本就不费力气。瑞毕，你应该知道，歌词有时自己就能溜出来。"

"哇！"瑞毕感叹道。在他看来，一直都是他去找东西，而不会自然地就有东西跳出来。

"那，现在的关键是，你看见过一个绿色的长着斑的'立克回'在森林里吗？

"没有。"

"一直都没看见吗？"他又问。

"没有，一直都没看见过。但是，我刚刚看到跳跳虎啦。"阿噗说。

"这帮不上忙。"

"是啊，我觉得也是。"

"小猪皮吉呢，你看到他了吗？"

"嗯，看见了。但，我想那也帮不上忙吧。"阿噗柔声地说。

"这个，那就得看他有没有见过什么家伙了。"

"他见过我。"

瑞毕在阿噗的身边坐了下来，但他又觉得这显现不出自己的重要地位，于是便又站了起来。接着，他说："下面要说的是，最近这段时间的清早，克里斯托弗·罗宾做了些什么事情呢？"

"关于什么？"

"就是最近这段时间，克里斯托弗·罗宾清早都做了些什么，你可以把你看到的全部告诉我吗？"

"嗯，昨天我们早饭是在六棵松边上一起吃的，"阿噗说，"我拿了一个小篮子，就只是个普通大小的小篮子，装满了……"

"行啦，我是想让你告诉我那以后发生的事。"瑞毕说，"在十一点到十二点，你见过他吗？"

"嗯……十一点的时候……十一点的时候……"阿噗说，"你应该清楚，那时我一般都要完成几件事，那时我已经回家去了。"

"十一点十五分呢？"

"这个啊……"

"那十一点三十分呢？"

"啊，我想起来啦！十一点三十分，甚至更晚一点儿，或许我见过他。"阿噗说。这时，他才记起来，克里斯托弗·罗宾说完"阿噗，拜拜"后就跑走了。他已经好长时间都没看见过克里斯托弗·罗宾了，早晨、下午、晚上都没看见过，吃早饭前，吃完早饭之后，也没看见过。如此一来，或许……

"我就是要问你，他究竟去哪儿了？"瑞毕说。

"或许，他在寻找某个人吧。"

"会是找谁呢？"

"我刚刚打算跟你说的就是这个，或许他是在寻找一个……一个……"阿噗说。

"是绿色的长满斑的'立克回'吗？"

"是吧，有可能是，有可能不是。"阿噗说。

"我觉得你也不能帮到我。"瑞毕使劲儿地瞪着阿噗。

"虽然没帮到，不过，我真的是努力了。"阿噗谦逊地说。

瑞毕跟他道过谢后，就说想去找伊尔，并问阿噗想不想一起去。

不过，这时阿噗觉得又有一首新诗歌的灵感来了，所以他说想在这儿等小猪皮吉。

"小兔子瑞毕，拜拜！"

然后，小兔子瑞毕就走了。而且，他还最先见到了小猪皮吉。

那天，小猪皮吉很早就起来了，他摘下一朵草桂花，把它插进屋子中间的瓶子里。突然，他想到好像还没有人送过伊尔草桂花。

想着想着，他就认为，如果一只动物从来都没有收到过别人送的草桂花，那是一件多么心痛、多么失落的事啊！

于是，他急忙出门去采摘送给伊尔的草桂花。他担心自己会忘记，便不停地对自己说着"伊尔，草桂花""草桂花，伊尔"，因为这天他很容易忘记事情。

小猪皮吉采摘了很多草桂花，他一蹦一跳地走在路上，偶尔还会闻一下花香，觉得高兴极了！

没多久，他便走到了伊尔家。

"啊！伊尔！"伊尔正在忙乎着，这让小猪皮吉觉得有些紧张。

伊尔把一只蹄子伸出来，晃了一下，意思是让皮吉离开。"明天，或者后天，你再过来吧。"他说。

小猪皮吉想知道他在干吗，于是便走近了一些。

伊尔面前放了三根木棍，其中两根木棍的尖靠在一起，另一边是分开的，还有一根木棍横放在那两根木棍的中间，他正望着它们呢。

皮吉猜那也许是个陷阱。于是，他又张嘴了："啊！伊尔，只不过……"

"是小猪皮吉吗？"伊尔说，但他的目光始终没有离开那些木棍。

"嗯，伊尔，我还……"

"你明白这是什么吗？"

"不明白。"

"它是字母 A。"

"噢！"

"是 A，不是 O。你认为你的知识比克里斯托弗·罗宾多吗？"伊尔严肃地说。

"是啊……啊！不是！"小猪皮吉马上重新说道，而且他又走近了些。

"克里斯托弗·罗宾说这是 A，就一定是 A，"伊尔严肃地说，"除非是谁踩过我的身体，把它破坏了。"

小猪皮吉马上倒退了一步，并闻了下那枝草桂花。

"皮吉，A 的意思是什么，你知道吗？"

"不，伊尔，我不知道。"

"A 的意思是教育，是学习，是你和阿噗都不拥有的东西，这些就是 A 的意思。"

"啊！"小猪皮吉说，又连忙补充道，"我是说，这就是 A 的意思吗？"

"让我跟你说吧，在这个森林里，人们来来往往只会说'那不过是伊尔而已''哈哈'，"伊尔说，"但他们知道什么是'A'吗？

他们不知道。在他们看来，这仅仅是些木棍。"

伊尔又接着说道："不过，在受过教育的人眼里——小猪皮吉，你要把我说的话记下来。在有知识的人眼里，它不代表阿噗和皮吉，它是一个非常厉害的字母 A，并非是人能随意破坏的东西。"

小猪皮吉害怕地后退了几步，他望了望四周，想要求助。

"瑞毕来啦！嗨！你好哇，瑞毕！"皮吉开心地大喊道。

小兔子瑞毕装腔作势地走向这边，他对着皮吉点了下头，想以最快的速度结束这次交流。"嘿，伊尔。"瑞毕说，"我想问你一件事，这阵子克里斯托弗·罗宾早晨的时候都去干吗啦？"

"现在，我眼前的这些是什么？"伊尔问，他的目光始终没离开木棍。

"三根木棍。"瑞毕漫不经心地说。

"知道了吧？"伊尔看着小猪皮吉说道。

接着，他又回过头非常严肃地告诉瑞毕："现在，我来解答你的疑问。"

"谢谢你啊！"瑞毕说。

"平时，克里斯托弗·罗宾早上都干吗呢？他在学习。"伊尔说，"他变得很有涵养。他在'转严（钻研）'——我认为他那时是这么说的，或许是我听错了，他在'转严（钻研）'知识。虽然，我学过的东西非常有限，但我也一样——假如我用对词语的话——做着他正在做着的事情呢。例如，这个，嗯……"

"字母 A。"瑞毕说，"不过摆的不是很好看。行啦，我得去跟别人说啦。"

伊尔望了一眼木棍，又望了一眼皮吉，问："瑞毕说这是什么？"

"字母 A。"皮吉回答说。

"你跟他说的吗？"

"不是啊，我没说过，伊尔。我猜他原来就是认识的吧。"

"他原来就认识？你是说，小兔子瑞毕原来就认识字母 A？"

"我猜是的。瑞毕是非常有智慧的，伊尔。"

"智慧！"伊尔不屑地说道，然后用脚用力地在木棍上面踩着。

"教育！什么叫学习？"伊尔生气地说，然后又在木棍上来回蹦了几下，接着便把这些小木棍全部踢飞了。

"原来小兔子瑞毕认识，哈哈！"

"我认为……"小猪皮吉非常紧张地说。

"闭嘴。"

"我认为这些草桂花漂亮极了。"皮吉边说边把花放在伊尔前面，然后就急忙跑开了。

第二天的时候，克里斯托弗·罗宾家的门上，仍旧用别针别着一张通知：

不在家。立刻回。

克·罗

如此一来，森林里所有的动物就明白了，克里斯托弗·罗宾每天清晨都在学习！

当然，不包括那个绿色的长满斑的"立克回"。

阿噗发明新游戏，伊尔也来一块儿玩

当溪水流到森林边缘时，它已经很汹涌了，就像一条河一样。

它不再跟以前一样，流得那么湍急，总是会溅起很多水花。因为它现在变宽了，可以很缓慢地流淌，水流变得更加平稳了。小溪也知道自己将要流向哪里，他自言自语道："慢一点儿，不要急，终有一天，我一定会到的。"

但是，有很多在森林深处的细小的溪流都流得很湍急，它们毫无方向地飞快流淌着，就怕看不到前面那些数不清的美丽景色。

顺着一条从外面踩出来的小路，可以直接走到森林里面，这条小路的宽度几乎快赶上公路了！

不过，在没到森林之前，还得先跨过这条河。河上有一座木头做的小桥，差不多也跟公路那么宽，两边还围着木头栏杆。

克里斯托弗·罗宾的下巴正好能放到木栏杆最顶上的横栏上面。他想，要是把脚踩到最底下的横栏上，那下巴就能超过最高的横栏啦！如此一来，他便可以看着河水在脚下缓慢地流淌。

如果阿噗站在小桥上，他的下巴只能够到最下面的横栏，这样的话,他还不如就直接把头放到横栏的下面,然后趴着看缓慢流淌的河水。

但是,小猪皮吉和袋鼠宝宝简直又小又矮,甚至够不到最底下的横栏。如果他们想看河水,就只有一种方法——他们只能趴下来。

河水流得一点儿都不急,不管流到哪里,都一直缓慢地流着。

一天,阿噗朝着小木桥走去,道路的两旁全都是橡果。于是,他边走边想着要写一首橡果歌。他拾起一颗橡果,望着它,说:"这颗橡果可真好啊!得为它创作一首曲子。"

不过,他一点儿灵感都没有。最后,他的大脑里出现了一首这样的歌:

小小的橡果树，

它有一个谜团，

猫头鹰说应该他来管，

袋鼠妈妈说应该她来管。

"可这有什么意思呢？"阿嘆自顾自说道，"袋鼠妈妈也没有在树上面啊。"

阿嘆刚走到小桥上，还没把路看清楚，就被不知道什么东西绊了一跤，手里的橡果也掉在河里了。

"真烦人！讨厌！"阿嘆说。

橡果在小桥下面，缓慢地漂流着。很快，阿嘆便转过身想去寻找下一颗橡果，但他转念一想，今天是如此的安静，不如就望着河水吧！

于是，他便躺在小桥上，望着河水，望着它在自己的下面慢慢地流淌。

不一会儿，那颗橡果也跟着河水流到这边来了。

"真是有趣极了！橡果从小桥的那边落下去，又从这边露了出来。"阿嘆说，"那，下一次还会跟这次一样吗？"接着，他便返回去拾起更多的橡果。

对啦！总是这个样子！

然后，阿嘆一次把两颗橡果同时扔到河里，想要看看到底是哪颗橡果先露出来。可是，他扔下去的两颗橡果大小一样，他分不清先露出来的是哪一颗了，是他期待的那颗，还是另外一颗？两颗橡果总是其中一颗先露出来。

因此，第二次时，阿噗把一颗大橡果和一颗小橡果一起扔进河里，结果大橡果先露出来，小橡果后露出来，正如阿噗所料。

所以，就算是阿噗两次都赢啦。

当他打算回家去喝下午茶时，他已经赢了 36 次，输了 28 次！意思就是……他都……嗯……你用 36 减掉 28，就是阿噗赢的次数，但不是 28 减掉 36。

"阿噗丢树枝"就是因此而来的，阿噗就是这样发明了这个新游戏。

阿噗和他的小伙伴们总是在森林边一起玩这个游戏，因为给树枝做记号比较简单，所以他们没有丢橡果，而是丢树枝。

一天，阿噗、小猪皮吉、小兔子瑞毕、袋鼠宝宝一起玩起了"阿噗丢树枝"游戏。

当瑞毕喊开始时，他们就一起把树枝丢进河里，接着就迅速地跑去小桥的那边，趴在桥上，等着看先露出来的树枝是谁的。

但是，那天的河水流得非常慢，就像过不过小桥都无所谓一样。所以这次他们等了很长时间。

"我看到我的树枝啦！"袋鼠宝宝大喊，接着又说，"不是，我刚看错了。皮吉，你看见你的树枝了吗？我本来认为看到了我的树枝，但那不是。"

"哇！它在那里呢！"袋鼠宝宝又喊，"噢，那也不是我的。你看见你的树枝了吗，阿噗？"

"没看见呢。"阿噗说。

"我想我的那根树枝也许被夹住了。"袋鼠宝宝说，"小兔子瑞毕，我的那根树枝被夹住了。你的呢，小猪皮吉？"

"它们到这边的时间可比你想象中的长。"小兔子瑞毕说。

"你认为它们多久会到呢？"袋鼠宝宝问。

"皮吉，我看到你的树枝啦！"突然，阿噗大喊道。

"我的是灰色的。"皮吉说，他害怕从小桥上落下去，所以离得有点儿远。

"嗯！就是灰色的！它漂向我这里啦！"

小兔子瑞毕也希望看到自己的树枝，于是便又向前挪了点儿。

袋鼠宝宝总是不安分地爬上爬下，并且大声地喊："快点儿啊，树枝，树枝！"

最先出现的是小猪皮吉的树枝，那就代表他赢啦，所以他高兴极了！"你能肯定是我的树枝吗？"他激动地大叫道。

"嗯！它是灰色的，非常大的灰色的树枝。它过来啦！非——常——大的树枝。"阿噗说，"啊！那不是树枝，那是伊尔！"

伊尔顺着河水漂到这边了，他的脸上露出一副非常了不起的表情，背部贴着河水，看起来非常享受地从桥下面漂了过来。

"伊尔！"所有人都异口同声地叫道。

"是伊尔！"袋鼠宝宝大声说道，他觉得很激动，但也有些担心。

"就像这个样子吗？"伊尔说，他陷入一个漩涡里面了，缓慢地跟着转了三圈，"可我并不能肯定。"

"我不知道你也加入游戏了啊。"袋鼠宝宝说。

"我没玩。"伊尔说。

"你在干吗，伊尔？"小兔子瑞毕问。

"瑞毕，我可以让你猜三次。"伊尔说。"挖大坑？不对。荡在橡树上面？不对。正等着有人拉我上岸？对啦。给瑞毕些时间，他就一定会想出来的。"

"不过，我们能做点儿什么呢？伊尔。"阿噗说，"我是说，我们要怎么……你认为我们要不要……"

"嗯，阿噗，有一个办法就行啦！谢谢你啦。"伊尔说。

"他一直在打转呢。"袋鼠宝宝说，他觉得河水里的景象太神奇了。

"怎么能不打转呢？"伊尔酷酷地问。

"游泳我也会呢。"袋鼠宝宝非常骄傲地说。

"这不只是打转，这比打转可难多啦。"伊尔说，他的身体也在随着漩涡打转。

"今天，我根本就没有游泳的心情，但是，既然已经到河里了，我便想着得锻炼一下这个本事，"伊尔又继续说，"从右到左，或许我该这么说，从左到右，跟经常会出现的情况一样，"说着他又陷入另一个漩涡里，"这不过是我自己的事情而已，跟别人没有关系。"

所有人都非常安静地思考着问题。

"我想到一个办法，不过我认为那不会是个好办法。"阿噗说。

"我也认为那不会是个好办法。"伊尔说。

"说吧，跟我们说说，阿噗。"小兔子瑞毕说。

"就是，我的意思是，要是我们往河水里，离伊尔不远的地方，扔些石头或别的玩意儿，就会把水花溅起来，然后，伊尔就会被冲到岸边。"

"这个办法真好啊！"瑞毕说。

阿噗又觉得非常开心了。

"很好，阿噗，当我做好被水花冲的准备时，我会跟你说的。"伊尔说。

"如果我们正好砸到伊尔呢？"小猪皮吉有些担心。

"或是你们扔到别处了，没有砸到我呢？在你们打算幸灾乐祸之前，小猪皮吉，想想都会出现哪些状况吧。"伊尔说。

但这时，阿噗已经搬来了一块他能搬得动的最大的石头。他正双手抱着石头在小桥上趴着。

"我是想让石头掉进去，不是丢进去。"阿噗跟伊尔解释，"如此一来，我就不会扔到别处了……嗯，我是说砸不到你身上。"

"伊尔，你可以停下来不要打转了吗？你总是转来转去，我会混乱的，也没把握。"阿噗又说。

"不，我喜欢这样。"伊尔说。

小兔子瑞毕想，现在该是他下达指令的时候了。

"阿噗，听好，当我说'松'，你就松开手。"瑞毕说，"伊尔，我说'松'，阿噗就会松手让石头掉下去啦。"

"嗯，瑞毕，太谢谢你啦，但我觉得我也明白。"伊尔说。

"皮吉，让开点儿。袋鼠宝宝，退后点儿。阿噗，准备好了吗？"

"还没。"伊尔说。

"松！"瑞毕喊道。

"砰"，非常响亮的一声，石头被阿噗放下去了，伊尔却消失了。

在伊尔消失的那一会儿，小桥上的所有人都非常着急。

他们不停地寻找，四处张望……小猪皮吉的树枝却露了出来，小兔子瑞毕的也露出了一小点儿头来，但大家并没像预料中那么欢呼雀跃。

这时，阿噗心想，一定是石头丢的地方不对，或是石头没选对，或是今天就不应该想出这个办法……

突然，在河岸的边上有一团灰色的东西浮了出来……它越来越大……终于，伊尔露了出来！小桥上的所有人都大叫着奔了过去，将伊尔又推又拉。

没一会儿，伊尔就在大家中间站了起来，踩在了干干的地面上。

"啊！伊尔！你全身上下都没干的地方啦！"小猪皮吉边摸着伊尔边说道。伊尔甩了甩身上的水，然后问谁能告诉小猪皮吉，待在河水里这么长时间会发生什么事。

"太棒啦，阿噗！我们想到的这个办法棒极了！"小兔子瑞毕非常亲切地说道。

"什么办法？"伊尔问。

"就是刚刚那个办法，把你冲到岸边来啊。"

"冲我吗？把我冲到岸边？"伊尔的脸上写满了诧异，"我认为我可不是被冲到岸边的，你这么想吗？我是自己游到岸边的。"

"阿噗把石头丢到我这边，我怕石头刚好掉到我的胸口上，就自己游泳过来了。"伊尔又说。

"你才不是像那样丢的石头。"小猪皮吉轻声地安慰阿噗。

"我认为我并没那么做。"阿噗有点儿着急了。

"那不过是伊尔的想法罢了，我认为你想的办法棒极了。"皮吉说。

阿噗感到心里舒坦多了。

作为一只呆头呆脑的熊，他头脑中想到的，总是与在别人面前做出来的不是一回事。不过现在，无论如何，伊尔已经上岸了，所以阿噗刚才并没有做加害他的事。

"你怎么没留神掉进河里了呢，伊尔？"小兔子瑞毕边问边用小猪皮吉的手绢擦拭伊尔的身体。

"我掉下去，不是因为我没留神。"伊尔说。

"那是……"

"有人在我后面一蹦一跳地把我赶进河里了。"伊尔说。

"哦！"袋鼠宝宝开心地喊着，"是谁推了你呢？"

"那会儿我正在河边思考事情呢——思考事情，不知道你们明不明白，然后不知道是谁一直在我后面一蹦一跳的，我就被突然赶进河里了。"

"啊！伊尔！"所有人一起大叫。

"你不是不留神滑了下去，你肯定吗？"小兔子瑞毕机智地问道。

"当然是滑了下去！不管是谁站在河岸边，而且背后有人一蹦一跳，都会滑进河里的。"伊尔说道。

"那是谁呢？"袋鼠宝宝问。

伊尔没说话。

"我想，或许是跳跳虎。"皮吉小心翼翼地说道。

"不过，伊尔，这是一个意外，还是闹着玩的？我是说……"阿噗说。

"阿噗，我也一直在思考，就连我在河底沉着的时候，我也在思考。"伊尔说，"我问自己：'究竟这是开玩笑还是意外呢？'接着，我便开始漂，我又告诉自己：'全都湿了。'你知道我说了些什么吧？"

"但跳跳虎去哪儿了？"瑞毕问。

还没等伊尔回答，大家的背后就突然出现了一个非常大的声响。

原来，正是跳跳虎从篱笆上越过，朝着这边走了过来。

"嗨！大家好！"跳跳虎开心地说。

"跳跳虎，你好！"袋鼠宝宝也说。

瑞毕觉得这时自己变得非常重要。"跳跳虎，刚刚出什么事啦？"他很正经地问道。

"刚刚？"跳跳虎说，语气有点儿别扭。

"就在你一蹦一跳地把伊尔弄到河里的时候。"

"我没有啊。"

"就是你一蹦一跳地把我弄进河里去的！"伊尔严肃地喊道。

"我真的没有。"跳跳虎说，"那会儿我在伊尔的后面，然后咳嗽了一下，就是这样'呼哈哈……阿嚏……咳咳'。"

"你没事吧？"瑞毕拉起皮吉，边帮他拍掉灰尘边问。

"刚刚他突然把我吓到了。"小猪皮吉害怕地说。

"那便是刚刚我所说的'赶'，突然就吓到了别人。"伊尔说，"尽管这个习惯非常坏，但是让跳跳虎在森林里待着我也不介意。"

"这个森林有足够的空间能让跳跳虎来回地蹦跳。"他又说，"不过，我想不通跳跳虎为什么非来我这个小角落里不停地蹦蹦跳跳。我

这里应该也没什么有趣的东西。"

　　"当然，那些喜爱阴潮、寒冷、不美丽的人，会认为我这里很特别。"他补充道，"否则，我这儿不过就是个小角落罢了。还有，如果谁想蹦……"

　　"我就只是咳嗽了一声，没一蹦一跳的。"跳跳虎生气了。

　　"在河边的时候，无论是咳嗽还是蹦蹦跳跳，都一样。"

　　"这，我现在能说的只是，"瑞毕说，"这个，等克里斯托弗·罗宾到了，让他讲讲吧。"

克里斯托弗·罗宾走出森林朝着小桥走去。

阳光又耀眼又暖和，他感到非常的自在，一点儿拘束都没有。他心想，如果趴到栏杆上，脚踩在栏杆最底下的横栏上，然后望着缓慢流淌的河水，我便可以弄清楚我想知道的答案啦。接下来，我还可以跟阿噗说，即使阿噗不能全部都弄清楚，那也无所谓。

克里斯托弗·罗宾觉得，在这样一个愉快的下午，是不会出现费心思的事情的。

不过，当他走到小桥那儿，看见所有的动物都站在那里时，便明白或许这个下午跟他设想中的并不一样。看样子，他有的忙了。

"克里斯托弗·罗宾，事情是这样的，跳跳虎……"瑞毕最先说道。

"不是，我才没有。"跳跳虎说。

"行啦，无论如何，当时我是在河岸边的。"伊尔说。

"但是我觉得他并不是有意的。"阿噗说。

"他也就是蹦了几下，而且是无法自控地。"皮吉说。

"跳跳虎，你也在我后面尝试着蹦几下吧，把我也赶下去。"袋鼠宝宝急忙说道，"伊尔，跳跳虎会在我背后试一下的。皮吉，你认为……"

"行啦行啦，你们别说啦。"瑞毕说，"现在最主要的是问一下克里斯托弗·罗宾的看法。"

"刚刚我只是咳嗽了一下。"跳跳虎说。

"刚刚他把我赶下去了。"伊尔说。

"嗯……我就是咳嗽了一下。"

"安静点儿，最主要的是我们得听一下克里斯托弗·罗宾的看法。"瑞毕把手扬起来说道。

克里斯托弗·罗宾并没有弄明白究竟发生了什么事，他说："呃……我认为……"

"什么？"其他人一起问。

"我认为我们该一起玩'阿噗丢树枝'这个游戏。"

然后，大家便玩起了游戏。

伊尔虽然是第一次玩，但比别人赢的次数都多。

袋鼠宝宝掉进河里两次，第一次不是故意的，第二次是故意的，因为他看见妈妈走出了森林，他明白自己睡觉的时间到了。

之后，小兔子瑞毕想跟他们一起离开。

跳跳虎和伊尔一起离开，那是因为如果跳跳虎能明白伊尔的意思的话，伊尔就要把怎么赢游戏的方法告诉跳跳虎，那就是：突然用力地扔掉树枝。

只有克里斯托弗·罗宾、阿噗、皮吉还在小桥上，他们安静地看着河水。河水仍旧在桥下安静地流淌着，而他们也一直没有说话。他们都享受着这安静惬意的夏天的傍晚。

"跳跳虎的确非常好。"小猪皮吉慵懒地说。

"是啊，他非常好。"克里斯托弗·罗宾说。

"所有人都非常好。"阿噗说，"我的确是这么认为的，但我想自己可能说错了。"

"你没有说错啊！"克里斯托弗·罗宾说。

跳跳虎能不跳吗

夏季的下午总是给人一种昏昏沉沉的感觉。

一天，瑞毕和皮吉在阿噗家的门口坐着，阿噗则坐在他们身旁。瑞毕一直在叽叽咕咕地说着话。

森林里到处都是温柔的声音，就像是跟阿噗说："不要听小兔子瑞毕说话啦，听我们说吧！"

阿噗换了个舒服的姿势，能不听瑞毕说话的姿势，不过他还是偶尔把眼睛睁开，说句"哦"或"是啊"，然后再把眼睛闭上。

小兔子瑞毕偶尔会非常严肃地说："皮吉，你明白我说的是什么。"而皮吉也会很用心地点下头，告诉瑞毕他的确明白。

"说真心话，这阵子跳跳虎一直不停地来回跳着，我们该给他点儿'颜色'瞧瞧了。"瑞毕说，"皮吉，你不这么认为吗？"小猪皮吉说，之前跳跳虎就在一直跳，如果能想出一个让他停止来回蹦跳的办法，才会是个很棒的好办法呢。

"我也是这样认为的。"瑞毕说，"你的想法呢，阿噗？"

阿噗突然睁开眼睛，说："十分。"

"什么十分？"瑞毕问。

"就是你刚刚说的，毋庸置疑。"阿噗说。

阿噗感觉自己的思想跑得越来越远了，于是，他便缓慢地站了起来，想使自己变得清醒一点儿。

皮吉用胳膊肘使劲儿地撞了一下阿噗，说："我们得怎么做呢？瑞毕，我们要怎么给他点儿'颜色'瞧瞧，让他停止蹦跳呢？"

"这就是问题的关键。"瑞毕说。

阿噗认为自己似乎在某个地方听说过"给人点儿颜色瞧瞧"，他说："好像有个玩意儿叫两倍乘什么的，克里斯托弗·罗宾准备把这个教给我，不过我没……"

"没什么？"瑞毕问。

"什么没？"皮吉也问。

阿噗摇了下头，说："我也不清楚，不过我就是没。我们现在在讨论什么呢？"

"阿噗，刚刚你从头到尾都没听见瑞毕在说什么吗？"皮吉责问道。

"我在听，不过一团毛毛把我的耳朵给堵住了。"阿噗说，"瑞毕，麻烦你再说一次，行吗？"

瑞毕倒不在乎再说一遍。于是，小兔子瑞毕便问他应该从哪里开始说。

阿噗说从毛毛把耳朵堵上时开始说，瑞毕问他那是什么时候，但阿噗说他也弄不清楚，因为那会儿他也没有听到。

　　终于，小猪皮吉打断了他们的对话，并告诉他们，现在他们正在讨论着找到一个能让跳跳虎停止蹦跳的办法。

　　跳跳虎实在是太喜欢来回蹦跳了，无论你有多喜欢他，这个总归是事实。

"啊！我明白啦！"阿噗说。

"目前的状况就是，跳跳虎太能跳了，让人无法忍受。"瑞毕说。

其实，阿噗也希望自己能想出个好办法，但是他能想到的办法一点儿用都没有。

于是，他便自顾自地唱起歌来：

要是小兔子瑞毕，

变得更肥胖、更魁梧、更强壮，

或是比跳跳虎，

还要强壮、还要肥胖，

或是跳跳虎变得更瘦小，

这样一来，跳跳虎的坏毛病，

喜欢在瑞毕面前来回蹦跳的坏毛病——

就没什么大不了的啦。

要是小兔子瑞毕，

变得更高大……

"阿噗，你在说什么？能帮上忙吗？"瑞毕问。

"帮不上，帮不到什么忙。"阿噗非常难过地说。

"行啦，我想出了一个办法。这样，我们把跳跳虎带到一个他从来都没去过的地方去探险。"瑞毕说，"之后我们再把他一个人扔在那里，到了第二天天亮的时候，我们再过去找他。然后，你们要记住这句话——他一定会变成另外一只跳跳虎的。"

阿噗问："为什么呢？"

"因为他会变成一只很谦逊、很忧伤、很郁闷的跳跳虎，他还会变得很渺小，而且，他会说：'啊，瑞毕，能见到你，我可真是太开心啦'。"瑞毕说，"这些就是原因啦。"

"那么，他见到我和小猪皮吉也会感到非常开心吗？"

"是啊！"

"这可太好啦！"

"可我并不希望跳跳虎总是这么伤心。"小猪皮吉担心地说。

"不会的，老虎不会总是伤心的，他们很快就能恢复啦！"瑞毕说，"以前，我问过猫头鹰这个问题，然后证实了一下，他说老虎的恢复时间非常短。要是我们让跳跳虎觉得自己渺小和伤心的时间能有五分钟，那我们就已经算成功啦！"

"克里斯托弗·罗宾也这么认为吗？"皮吉问。

"嗯。"瑞毕说，"他还会说：'小猪皮吉，这件事你做得可真漂亮！要是我，我也一定这么做，只是那时我要去完成别的事情。真是太感谢你啦！'当然，还有阿噗呢。"

听到这句话，小猪皮吉开心极了！他仿佛立刻就知道了他们即将要做的那件事是多么的完美！并且，这件事还有瑞毕和阿噗的参与，这件事可真是太美好啦！恐怕连刚刚睡醒的动物也会答应呢。

但是，关键是，他们究竟该把跳跳虎带到哪里去呢？

"北极，我们带他去北极。"瑞毕说，"去北极探险，是一个非常长久的过程，如果跳跳虎想回来的话，也会费很多心思和工夫，不能马上就回来。"

北极，是阿噗第一个发现的，所以，他现在开心极啦！

等他们到达北极时，那里会写着一个通知，跳跳虎会看见上面写着："是阿噗先找到的，它是被阿噗发现的。"然后，跳跳虎就能明白阿噗究竟是一只什么样的小熊，或许他以前不清楚。其实，阿噗就是一只这样的小熊。

接着，他们就都做好准备，打算明早启程。

小兔子瑞毕的家距离袋鼠妈妈家不远，现在，他便想着去问问跳跳虎明天有什么安排。如果跳跳虎明天没事的话，他就会建议他去探险，而且是和皮吉、阿噗一起去。

如果跳跳虎答应说'好'，那就万事大吉啦，如果说'不好'……"不会的，我来想办法。"瑞毕说完便匆匆地走了。

第二天跟以往每天都不一样。

这天又阴又冷，雾气也非常大。

阿噗觉得无所谓，不过蜜蜂在这样的天气是没有办法酿蜜的，所以他觉得蜜蜂肯定难过极了。

　　当皮吉过来找他的时候，他便告诉皮吉自己的想法。但是小猪皮吉心里都在想着如果二十四小时都被丢在没去过的地方，那得多可怜，因此他并没有想着阿噗说的事情。

　　等到他们去找小兔子瑞毕时，瑞毕则跟他们说这种天气去探险是再好不过啦。因为当跳跳虎一直在他们前面跑着跳着，离他们远了的时候，他们就能掉头朝反方向走，然后，跳跳虎就看不到他们了。

　　"再也看不到了吗？"小猪皮吉问。

　　"嗯……在我们找到他之前，他看不到我们，皮吉。"瑞毕说，"可能是明天，或以后的某一天。快点儿吧，他等着我们呢！"

　　当他们来到袋鼠妈妈家时，袋鼠宝宝也正等着呢，他也是跳跳虎的好伙伴啊。

　　但，这样的话，事情就变复杂了。不过，瑞毕一下就把阿噗的嘴巴挡住了，然后轻声地说："交给我吧。"

　　瑞毕走到袋鼠妈妈面前，说："我不赞同袋鼠宝宝跟我们一起去，今天不要去。"

　　"怎么了呢？"袋鼠宝宝问，他竟然听到了。

　　瑞毕摇了下头，说："因为今天可真是冷极了，再说你早上不是咳嗽了吗？"

　　"你怎么会知道？"袋鼠宝宝生气了。

"噢！你连我都瞒着，袋鼠宝宝。"袋鼠妈妈用责怪的语气说。

"我不是像你说的那样咳嗽，我是因为吃饼干呛到啦。"袋鼠宝宝说。

"宝贝，改天再去好吗？今天就在家吧。"袋鼠妈妈说。

"是明天吗？"袋鼠宝宝问，他的眼神里满是期盼。

"看看情况吧。"

"你总是这么说，结果却总是不兑现。"袋鼠宝宝难过地说。

"袋鼠宝宝，现在这样的天气，外面雾蒙蒙的，什么也分辨不清。还有，我们也不会到太远的地方去，下午还要……要……我们要……"瑞毕说，"嘿！跳跳虎，原来你在那儿！快点儿！下午我们得……"

"阿噗！都弄好没有？快点儿啊！"瑞毕又说，"袋鼠宝宝，再见啦！就这样吧！"

然后，他们就走了。

刚开始的时候，瑞毕、阿噗还有皮吉都在一起走着，而跳跳虎则在他们旁边来回地转圈。

没多久，路便没那么宽了。

于是，瑞毕、皮吉、阿噗就列成一队继续走，跳跳虎依然围着他们转圈，不过这时他转的圈变成椭圆形啦。

当走到长满了带刺儿的荆豆树的路边时，跳跳虎就跑到他们前面去了。

他们走得越来越远，雾也变得越来越浓。

跳跳虎若隐若现的，每当你认为他没在那里时，他偏偏就出现在那里，还会说"你们得赶紧啊"，可还没等你回答，他就又不见了。

小兔子瑞毕扭过头，拿胳膊肘碰了下小猪皮吉，说："下次，你跟阿噗说。"

"下次。"小猪皮吉告诉阿噗。

"什么下次？"阿噗问。

突然，跳跳虎出现了，还把小兔子瑞毕撞了一下，但紧接着就又消失了。

"就是现在！"瑞毕说。

接着，他便跳进了路边的坑里，阿噗和皮吉也跳了进去。他们把身体缩成一团，在坑里认真地听着。

森林里面非常安静，特别是在极其安静的情况下，他们什么也看不到，什么也听不到。

"别出声！"瑞毕说。

"我没出声。"阿噗说。

外面传来一阵"嗒嗒嗒"的声音，不过很快又恢复了安静。

"嘿！嘿！"跳跳虎说道。

突然，在离他们很近的地方出现了跳跳虎的声音。如果阿噗在皮吉的身上坐着，估计他早已经吓得蹦起来了。

"你们去哪儿啦？"跳跳虎大叫。

瑞毕碰了下阿噗，阿噗想碰下皮吉，但皮吉没在旁边。他去蓟草丛里面了，在那里大口地呼吸着。

小猪皮吉感到特别激动。

"真是太古怪啦！"跳跳虎说。

好长一段时间，他们都保持着安静，直到跳跳虎又"嗒嗒嗒"地跳开了。

过了一会儿，他们听不到森林里有任何声音，安静极了，甚至让人觉得有点儿害怕。

小兔子瑞毕站了起来，把身体挺得直直的，轻声说："看吧，我们成功啦！跟我说的一模一样！"他觉得非常骄傲。

"我在思考着……"阿噗说，"思考……"

"不要说啦，不要再思考啦！"瑞毕说，"赶紧！快跑！"然后，瑞毕在前面带着他们急匆匆地跑了。

跑了一会儿后，瑞毕说："这会儿，我们能说话啦。阿噗，你刚才想说什么？"

"没什么，不过，为什么我们要从这边走呢？"

"这是我们回家的路哇！"

"哦！"

"我认为，看起来右边的那条更像是回家的路。你认为呢，阿噗？”小猪皮吉小声地说。

"嗯，这个嘛……"阿噗缓慢地说道。他望着自己的双手，心里清楚有一只是右手。而且，如果他能分清哪只是右手，那另外一只就是左手。不过，他一直都不清楚该如何分辨。

"快点儿！我确定是这条路！"瑞毕说。

于是，他们继续走着。

十分钟过去了，他们停了下来。

"真是太笨啦！但现在我……"瑞毕说，"啊！没事，继续走吧……"

又过了十分钟，瑞毕说："到啦！哦！不，还没，我们没到呢……"

"这会儿，我想我们应该……"小兔子瑞毕在第三个十分钟过去后又说，"也许，现在我们走的这条路会不会比刚才那条更偏向右边了？"

第四个十分钟之后。

"这真是太奇怪啦！在大雾里面怎么看什么都是一个样呢？你发现了吗，阿噗？"小兔子瑞毕说道。阿噗说他也发现了。

"幸好我们对这个森林很熟悉，否则我们一定找不到路。"又过了三十分钟，小兔子瑞毕这样说道。然后他又满不在乎地轻轻一笑，似乎在表示他对这片森林非常熟悉，根本就不会找不到路。

小猪皮吉斜着身子，从后边慢慢地向阿噗靠近。"阿噗。"他轻声叫道。

"出什么事啦，皮吉？"

"没事，我就是想知道一下你是不是在我身边。"小猪皮吉边说边把阿噗的手拉住。

跳跳虎始终在等待着他们追过来，但是，他等了很长时间也没看见他们的踪影。

现在，即使跳跳虎再说"你们赶紧啊"，也不会有人听到了。这时，他已经感到很疲惫了，准备回家去。

一路上，跳跳虎都是跳来跳去的。

当袋鼠妈妈见到跳跳虎时，第一句话便是："你可真听话！刚好到了你吃麦芽膏的时间啦！"说完，袋鼠妈妈就把麦芽膏给了他。

袋鼠宝宝非常自豪地说："我都吃过啦！"

跳跳虎马上就把麦芽膏吃了下去，然后说道："我也一样。"

接着，他们便在一起打闹，很友好地你拍我打。

稍不留神，跳跳虎就把几把椅子碰倒了，于是，袋鼠宝宝也假装不小心碰倒了椅子。

袋鼠妈妈说："行啦！你们快出去玩儿吧。"

"我们要去哪里呢？"跳跳虎问袋鼠宝宝。

"去捡些松果回来吧！"袋鼠妈妈给了他们每人一个篮子，说道。

于是，他们便到六棵松那里去了。

他们一起嬉戏，把松果丢到对方身上，压根儿忘了他们还要捡松果。

　　玩了一会儿后，跳跳虎和袋鼠宝宝就回家吃晚餐去了，但他们却忘记把树下面的篮子拿回家了。

　　当他们正准备吃饭时，克里斯托弗·罗宾进来了，他问："阿噗呢？他去哪儿啦？"

　　"阿噗去哪儿了，亲爱的跳跳虎？"袋鼠妈妈也问。

　　于是，跳跳虎就把事情的经过告诉了他们。袋鼠宝宝在跳跳虎说话时也一直在说，他在说自己因为吃饼干而咳嗽的事。

　　袋鼠妈妈让他们不要一起说话。

　　很快，克里斯托弗·罗宾就想到他们三个一定被困在深远的森林里，找不到回来的路了。

"我们老虎可真是有趣，我们是不会迷路的。"跳跳虎悄悄地跟袋鼠宝宝说。

"这是为什么呢，跳跳虎？"

"我们就是这样，总是能找到路。"跳跳虎说。

"行啦，我们得去找他们，就这么决定啦。"克里斯托弗·罗宾说，"跳跳虎，快点儿跟上！"

"我得去找他们啦！"跳跳虎又跟袋鼠宝宝说道。

"我能去吗？"袋鼠宝宝急切地问妈妈。

"我想你还是待在家里，下次再跟着去吧，亲爱的袋鼠宝宝。"

"哦，那要是明天他们迷路了，我能去吗？"

"看情况吧。"袋鼠妈妈说。

袋鼠宝宝明白那意味着什么。于是，他跑去小角落开始锻炼蹦起来再落下。

他这么蹦跳有两个原因，一是他真的想锻炼，二是因为妈妈不让他去，他希望让克里斯托弗·罗宾和跳跳虎认为他一点儿也不在意。

森林高处有一个沙坑，小兔子瑞毕、阿嘍和小猪皮吉正在那里歇息。瑞毕说："其实，不知道怎么回事，我们找不到路了。"

阿嘍觉得这个沙坑很讨厌。因为他们无论出发点是哪儿，最终还是回到这里，他怀疑这个沙坑一路都尾随着他们。

每当他们从大雾中走过，看见沙坑时，瑞毕都会用无比骄傲的语气说："我知道这是哪儿啦！"

不过，阿噗却伤心地说："我也知道。"

而皮吉则保持沉默。其实，他也希望能说出点儿什么，不过他能想到的是："救救我们！救救我们！"但瑞毕和阿噗在他身边呢，他觉得说这些似乎很丢脸。

"行啦！我认为我们最好接着走，那我们要走哪条路呢？"瑞毕说。

阿噗和皮吉在瑞毕说话前，一直缄口不言，也没有对小兔子瑞毕表示感谢，谢谢他带着他们走过一段神奇的路。

"我们走出沙坑后，再找回这里。"阿噗说，"这么做怎么样？"

"有什么意义呢？"瑞毕问。

"是这样，我们不停地寻找能回家的路，却没有找到。"阿噗说，"因此我觉得，如果我们走出去了，再想着找到这里的话，就一定会找不到。"

阿噗接着说："这样太好啦，因为我们那时也许找到的会是另一个地方，反正不是这里，或许就是我们想去的地方呢，是吧？"

"那我认为也没意义。"瑞毕说。

"嗯，是没什么意义，不过真的做件事就自会有它的意义的，我们一直是这么做的。"阿噗卑微地说。

"要是走出这个沙坑，我一定还能找回这里。"

"那你去尝试一下吧，我们就在这里等着你。"皮吉说。

瑞毕轻笑了一下，似乎在说皮吉可真是愚笨，然后，便朝着大雾走去。当他差不多走了一百米时，便扭头往回走去……

二十多分钟过去了，阿噗和皮吉一直在等着瑞毕。

突然，阿噗站了起来，说："我一直在思考着，就是这会儿，我们回家吧，皮吉。"

"但，你知道路吗，阿噗？"小猪皮吉激动极了。

"不知道，但是还有十二罐蜂蜜在我的橱柜里呢，它们不停地在呼唤着我。"阿噗说，"刚才瑞毕一直在说话，所以我没注意。不过现在安静了，只有蜂蜜在说话，我想，我可以分辨出它们的声音来自哪儿。"

"皮吉，相信我吧！"阿噗又说。

然后，他们就一起离开了。

小猪皮吉不希望打扰蜜蜂说话，便很长时间都默不作声。

突然，阿噗大叫一声，接着又"哦"了一声。

现在，他已经清楚他们在哪儿了，但是他依然害怕自己弄错了，便没有大喊出来。

后来，当他非常确定，并且已经不关心那些蜜蜂是否在说话时，他们前面突然传来一声呼唤。

透过大雾，他们看见了克里斯托弗·罗宾。

"哦，原来你们在这里。"克里斯托弗·罗宾假装不在乎地说道，一点儿也没表现出担心的样子，然后问，"瑞毕呢？"

"我也不清楚。"阿噗说。

"哦，好吧，"克里斯托弗·罗宾说，"跳跳虎正在寻找你们呢，我觉得他会找到瑞毕的。"

"这样最好啦。我要回家去吃饭，皮吉也是，我们什么都没吃呢，还有……"阿噗说。

"我跟你们一起去，看着你们吃饭。"克里斯托弗·罗宾说。

然后，他们就一起走回了家。克里斯托弗·罗宾一直看着阿噗，很久很久……

当克里斯托弗·罗宾看着阿噗时，跳跳虎一边在森林里不断地来回跳着，一边大声喊着瑞毕。

终于，跳跳虎的喊声被既渺小又伤心的小兔子瑞毕听到了，于是，他便透过大雾向那个声音跑去。

突然，跳跳虎出现啦。

一只非常友善、伟大、强大的跳跳虎，还是一只来回蹦跳的跳跳虎，而且他还有着老虎蹦跳时的美丽的身姿！

"啊！跳跳虎！能见到你，我真是开心极了！"小兔子瑞毕大声说道。

小猪皮吉做了一件伟大的事

皮吉家和阿噗家的中间有一块空地，他们俩可以去那里思考事情。

当他们去看望彼此时，总能在那里碰见。

如果天气非常好，风和日丽，他们还会坐在那里思考碰面时得做些什么事。

一天，他们又碰见了，但他们打定主意什么也不做。这时，阿噗写了一首歌唱空地的曲子，他希望把这块空地的用途告诉别人：

这个地方，总是阳光普照，

它是属于阿噗的。

他经常在这里思考需要做些什么。

啊，

真是过分，我怎么可以忘记，

这块空地也是小猪皮吉的。

在一个秋天的清晨，阿噗和皮吉正在这块空地上坐着，思考着事情。

秋天的风在前一天夜晚把树叶全部吹掉了，现在正使劲儿地想把树枝也吹断。

"我在想，就是……"阿噗说，"或许伊尔的'阿噗角'被风吹坏了，我们应该去看一下，或许他等着我们再搭一座小屋给他呢。"

"我在想，我们要去看一下克里斯托弗·罗宾，"皮吉说，"不过，或许我们去也见不到他，因为他可能出去了。"

"我们去看望一下其他人吧。如果在刮风时你一直走了好久，然后到了别人家，而且当他说'嗨！阿噗，我们正好要吃东西啦，一起吃点儿吧！'那我就会去吃点儿东西。"阿噗说，"这就是我说的'亲切日'。"

而皮吉则认为总归要有个借口才能去看望其他人，例如找小不点儿，组织展览会……除非阿噗可以想出一个主意。

阿噗真的想到一个主意，他说："因为今天是周四，我们得去。我们祝他们周四愉快！皮吉，快点儿！"

他们站了起来，可小猪皮吉不知道风刮得这么厉害，刚站起来就又摔了个屁股蹲儿。

阿噗把他拉起来后便出发了。

他们先去了阿噗家，吃了点儿东西后就又朝着袋鼠家走去。

阿噗和皮吉一路上都使劲儿地抓着彼此，在大风中向对方大喊：
"就像这样？""什么？""这会儿听不到！"

当他们到达袋鼠家时，已经被风吹得很惨了。接着他们就在袋鼠
家吃饭。

当他们从袋鼠家离开时，外面真是冷极了。

他们用自己最快的速度走向瑞毕家。"我们来祝你周四愉快！"
阿噗说。他还一直在门边来回走动，想着自己一会儿还能不能从这里

走到外面去。

"因为什么呢？今天会出什么事吗？"瑞毕问。

阿噗和皮吉向瑞毕解释了一下。

瑞毕在生活中已经经历过很多事情了，他说："哦，我还以为你们找我是真的有事情呢。"

他们坐着待了一会儿，阿噗和皮吉便走了。

这时，他们已经可以正常说话了，用不着再大声喊叫了，因为风在身后刮着呢。

"瑞毕太有头脑了。"过了一会儿，阿噗说。

"嗯，他是很有头脑。"

"他非常聪明。"

"嗯，他确实非常聪明。"

接下来，有很长一段时间，他们都没说话。

"我认为，或许就是因为他聪明，所以他什么都不知道。"阿噗说。

这时，克里斯托弗·罗宾刚好回家，见到皮吉和阿噗，他觉得非常开心。

阿噗和皮吉一直待到快喝下午茶的时间，于是，他们便吃了点儿很容易消化的东西。

然后，他们就去看伊尔了，他们还想赶在正式的下午茶开始前，去猫头鹰家吃点儿东西。

他们快速地朝着"阿噗角"走去。

"嗨！伊尔！"阿噗和皮吉开心地向伊尔打着招呼。

"啊！你们是找不到路了吗？"伊尔问。

"我们是来看望你的，来瞧瞧你的屋子还好吗。"皮吉说，"看啊，阿噗，它在那里好好的呢。"

"嗯！可真奇怪，"伊尔说，"它应该会被谁弄坏的。"

"我们就是过来看看风刮起时，它是不是会被吹坏。"阿噗说。

"哦！原来是这样，我以为你们不记得这件事呢。"

"嗯，伊尔，见到你非常开心！"阿噗说，"这会儿我们得去看望猫头鹰啦！"

"这样才对！你们一定会喜欢他的。"伊尔说，"前几天猫头鹰飞过我这里，瞧见我了。尽管他没说一句话，但他一定知道那是我。我觉得他非常友善，我也非常高兴。"

阿噗和皮吉向前缓慢地挪动了一点儿，恋恋不舍地对伊尔说："好吧，再见啦，伊尔！"

其实，他们也希望可以再待一会儿，不过他们还得走很长的路，因此，他们必须立刻启程。

"再见！当心不要让风把你们吹跑了，尤其是你啊，小不点儿皮吉。你该找不到路了，然后别人都会问'风把皮吉吹到哪里去了？'我们都会思念你的。"

"嗯！感谢你们过来看望我。再见啦！"伊尔又说。

"再见！"

阿噗和皮吉说完后，就迈开艰辛的步伐走向猫头鹰家。这时，风正迎面呼呼地吹着他们。

风把皮吉的两只耳朵吹得一直在身后摇啊摇，摇啊摇，就像两面旗子一样。

皮吉艰难地一步步走着，他觉得似乎过了好长时间，才到达百亩森林里能遮挡风的地方。

他的耳朵又恢复了竖立的样子，不过他看起来有点儿紧张，认真地听，听着大树枝上那嗖嗖的风声。他说："要是我们在树底下，头顶上的树会忽地就倒下来吗，阿噗？"

"如果它们不会倒呢？"阿噗认真地思考了一会儿，说道。

听到阿噗这么说，皮吉开心极了。

没一会儿，他们便走到了猫头鹰家，然后开心地敲了敲门，又按了下门铃。猫头鹰打开了门。

"嗨！猫头鹰！我觉得我们一定赶得上……"阿噗说，"我是说，你感觉怎么样，猫头鹰？今天是周四，所以我和小猪皮吉过来看你过得好吗。"

"坐吧，阿噗，坐吧，皮吉。你们随意一些。"猫头鹰非常有礼貌。

阿噗和皮吉谢过他后，便待得要多自在有多自在，一点儿也不客气。

"猫头鹰，你明白的，这一路上我们都是匆匆地走过，就想着正好赶在……"阿噗说，"赶在我们走前看望你一下。"猫头鹰很用心地点了下头。

"如果我哪里说得不对，你就直说吧。我猜现在外面肯定是狂风怒吼吧？"猫头鹰说。

"外面风刮得厉害极了。"皮吉边说边搓着自己的耳朵，想让它们不那么凉。

"我觉得也是，在这样狂风怒吼的天气里，我那叔叔罗伯特——"猫头鹰说，"皮吉，他的画像在你右面的墙壁上呢——就是在这样狂风怒吼的天气里，他从某个地方，在快到中午时回家……怎么啦？"

"咔吧！"一个非常响的断裂声，不知道从哪里响了起来。

"当心！你的钟！它要掉下来啦！"阿噗大叫，"皮吉！皮吉！我快摔到你身上啦！"

"救救我啊！"皮吉大喊道。

渐渐地，阿噗那边的屋子开始歪斜，他坐的椅子也滑向了皮吉那边。

那个钟也顺着炉台悄悄地滑着，沿途还把花瓶碰了下来，然后，"当"的一声，全部都掉到了地板上，不过现在看来应该更像是墙壁上。

那张罗伯特叔叔的画像马上就会成为壁炉的一张新毯子，甚至连墙壁也开始向下倒，马上就要变成一张新的大大的地毯。

当皮吉准备爬走时，那张画像跟皮吉的椅子正好碰到了一起。一瞬间，他连方向也分不清了。

忽然，又发出了另外一个巨大的声响……

猫头鹰家里的全部家具都乱作一团了……

接着，四周变得无比的沉寂。

屋子的一个角落里，桌布开始慢慢地移动着。接着，它把自己缩

成一团在屋里滚动。突然，它上下来回跳了几下，露出了两只耳朵。然后，它又开始滚动，并最终从桌布里面挣脱了出来。原来是皮吉啊！

"阿噗！"皮吉害怕地叫道。

"出什么事啦？"一张椅子发出了声音。

"现在我们在哪里呢？"

"我也不是很清楚。"那张椅子说。

"我们……是不是在猫头鹰家呢？"

"或许是吧，刚刚我们正准备喝下午茶，不过我们没有喝到。"

"哦！唉，那儿有个信箱，就在猫头鹰家的屋顶上呢，是一直都有的吗？"皮吉说。

"是吗？"

"嗯，你看！"

"我看不到啊。什么东西把我压在下面了，我的脸向着下面呢。小猪皮吉，我这样要看屋顶是非常困难的啊。"

"嗯，那也是，阿噗。"

"也许它只是移动了一下。"

屋子的角落里，一个东西窸窸窣窣作响。

一会儿后，猫头鹰走了出来。他非常生气地说："噢，小猪皮吉！阿噗呢？"

"我不知道。"阿噗回答道。

猫头鹰转向阿噗说话的方向，认真地寻找阿噗，他生气地皱起了眉头，质问道："阿噗！这是你弄的吗？"

"不是，不是我。"阿噗怯懦地说。

"那会是谁？"

"我想是风吹的，是风把你的家吹成这样的。"小猪皮吉说。

"哦，这样啊，我还以为是阿噗弄的呢。"

"不是我。"阿噗说。

"要是风吹的，那么就不能怪阿噗了，不能把责任赖在他身上。"猫头鹰边说边思考着，说完便飞到屋顶上了。

"皮吉。"阿噗把声音压低轻声说道。

皮吉走向阿噗那边。

"刚刚他说要赖我什么？"

"他是说他没有怪罪你。"

"哦，我还以为他说……嗯，我知道啦！"

"猫头鹰！来帮下阿噗！快点儿下来！"皮吉大喊道。这时，猫头鹰正看着他的信箱呢。听见小猪皮吉的叫声，他一下子就飞了下来。

他跟小猪皮吉共同摇晃着那个扶手椅，没多久，阿噗就从下面爬了出来，望着周围。

"啊！这些东西摆放的位置真是太好啦！"猫头鹰说。

"阿噗，现在，我们要做什么呢？你有什么想法吗？"小猪皮吉问。

"嗯，刚才我想到点儿什么，只不过是我的小灵感而已。"阿噗说，紧接着，他便唱起来：

我的前胸趴在墙壁上，

刚刚我要装作在夜晚睡觉；

我的肚皮贴在地面上，

我很希望唱首曲子，可没什么可唱；

我的小脸贴在地板上，

就贴在地板上，是真的，就像是耍杂技；

不过是一只很亲切的小熊，

被压在椅子下不能动，是多么过分的事情；

一直被这样压着，

压得越来越严重，他的小鼻子变得可真可怜；

他的嘴巴、耳朵、脖颈，

疼得越来越厉害，真是难以承受。

"我唱完啦！"阿噗说。

猫头鹰一点儿也不觉得这有什么值得赞赏的。他佯装咳嗽着说，要是阿噗真的唱完了，这会儿他们要想个办法逃出去了。

"不知道前门被什么东西挡住了，我们不能跟原来似的从那里出去。"猫头鹰说。

"那还有什么办法呢？"小猪皮吉着急地问。

"这就是关键啊，皮吉，因此我才说要阿噗先动脑筋思考这个问题。"

阿噗的大脑正在认真地思考着。

他坐在地上，发现现在的地板是原来的墙壁，而屋顶是原来的另一面墙壁，还有一扇门在那上面——是之前的前门。

"你能背着皮吉飞上信箱吗？"阿噗问。

"不能，他不能。"小猪皮吉马上回答。

接着，猫头鹰便告诉他们背肌是什么。

在这之前，他曾告诉过阿噗和克里斯托弗·罗宾，而且他还一直想再次告诉别人。

在其他人不明白你说的是什么前，先解释两遍是非常必要的。

"猫头鹰，你应该清楚，要是小猪皮吉能被你带到信箱那儿，他就可以爬出信箱口，再顺着树爬下去，这样就可以找别人来帮助我们了。"

小猪皮吉听到这话，连忙说自己这阵子胖了，虽然他也很想出去，但他担心自己也许不能爬出信箱口。

不过猫头鹰说，为了自己能收到更大的信件，他已经把信箱口弄得更大了，所以皮吉也许能爬出去。

小猪皮吉问：“那你之前为什么说不行？”

“不，不是那样的，不过现在想这个也没有意义了。”猫头鹰说。

皮吉连忙说：“那我们赶快想出点儿其他办法。”说完，他便开始思考了。

这时，阿噗的思绪早已飘到以前小猪皮吉从洪水里解救出自己的画面了，那时所有人都非常钦佩他。

虽然他非常想再现一回壮举，只可惜像这么光彩的事，也不可能总是出现。

突然，阿噗想到了一个办法，就像之前一样。

“猫头鹰！我想到办法啦！”阿噗说。

“你可真是一只聪慧能干的小熊啊！”猫头鹰很是赞赏他。

当阿噗听到别人这样夸他时，心里就会乐开了花，但是他依然很谦逊地说他刚好就是想到了。

他说：“你把绳子的一端绑住小猪皮吉，另一端咬在嘴里，然后飞到信箱上，把绳子绕到铁丝上后再拉回来。接着，咱们两个在这里拉绳子，小猪皮吉就能渐渐升起来。”

“如果绳子不断的话，他便能上去了。”猫头鹰说。

“如果断了呢？”小猪皮吉问。他想弄明白绳子断了会出什么事。

“那就再换另一根绳子，再试一次。”

听到这句话，小猪皮吉担心极了。不管试多少次，他都会有同样的结果——摔下去。

不过现在看来，这是唯一的办法。

当小猪皮吉回想起自己在森林里度过的最后一段愉快的时光时，他朝着阿噗用力地点了下头，说："这是个很棒的办办办……办法。"

"你只是一只小小的动物，绳子不会断的，而且还有我在下面保护你。"阿噗轻声地安慰他说，"如果你能把我们救出去，那将是一件多么骄傲的事啊！或许我会因此为你作首曲子，所有人都会说'小猪皮吉做了件非常了不起的事，阿噗特地为他写了首赞歌'。"

听到这些话，小猪皮吉的心里好受多了。

当做好所有准备后，小猪皮吉被拉了上去，他注意到自己离屋顶越来越近了，这时他可以非常骄傲地说"看我！"了。

不过他害怕这样叫了之后，猫头鹰和阿噗会因为看他而一心二用，松掉绳子，所以他并没有叫出来。

"他被我们拉上去啦！"阿噗开心地说。

"嗯，跟我们预想的一样！"猫头鹰充满期待地说道。

不一会儿，小猪皮吉就把信箱打开，爬出去了。

接着，他把身上的绳子解开，准备从信箱口钻出去。

原来一切都正常的时候，很多猫头鹰寄给自己的信都是从这里收到的。

小猪皮吉用力地又挤又钻，终于一鼓作气地钻到了外面。他觉得非常开心，非常激动。

　　于是，他大喊一声，把情况告诉了里面的阿噗和猫头鹰。

　　他通过信箱向里面大喊："一切都好！风已经把这棵树完全吹倒了，是一根树枝把你的前门遮住了，不过我和克里斯托弗·罗宾可以把它弄走。"

　　"我还会拿根绳子给阿噗，我马上就去找克里斯托弗·罗宾。"他接着喊道，"我能飞快地从树上爬下去，这也非常简单。我是说，即使很危险，我也会做到的。我和克里斯托弗·罗宾会在三十分钟内回来！再见啦！阿噗！"

　　小猪皮吉还没等阿噗说"谢谢你啦，小猪皮吉，再见"，便离开了。

　　"三十分钟，这段时间正好能把罗伯特叔叔的故事讲给你听，"猫头鹰对阿噗说，"你的底下就是他的画像，你看啊。让我先想一下，我说到哪里了？啊！知道啦！就是在这样狂风怒吼的天气里，我那罗伯特叔叔……"

　　阿噗把眼睛闭了起来。

伊尔帮猫头鹰找到新家

阿噗朝着百亩森林走了过去，在猫头鹰家前面停了下来。现在，那里看不出一点儿屋子的样子，只像是被风刮倒的一棵树。如果屋子已经坏到那个程度，猫头鹰就必须得找个新家了。

一天早上，阿噗在门下找到一张秘密纸条，上面写着："我正在邦（帮）助猫头鹰寻找新的家，你也加入吧。小兔子瑞毕。"

阿噗正在想尽办法弄明白这是什么意思，刚好小兔子瑞毕来了，他便告诉阿噗那上面写了什么。

"我给所有人都留了这样的纸条，而且把上面的意思也告诉了他们。"瑞毕说，"如此一来，他们也会去寻找。我还有事，再见啦！"

说完，瑞毕就跑开了。

阿噗在后边慢慢地走着，跟帮助猫头鹰寻找新家相比，他有更加要紧的事要做。

他要为原来的那间屋子写一首充满回忆的曲子《阿噗之歌》，因为他曾经答应过小猪皮吉。虽然在那之后他跟皮吉见面的时候，皮吉并没说什么，不过一会儿你就明白他为何不说了。

每当有谁说要哼首曲子，或是大树，或是绳子，或是晚上刮起的狂风，皮吉的鼻子马上就会变成粉红色，还会说起一些完全没关系的话题。

"不过这也不简单，诗歌或曲子都不是靠自己想就能出现的，除非是它们找到了你。而你能做的只是去一个你能被它们找到的地方。"阿噗望着猫头鹰的屋子，自顾自地说。当然，他也充满期待地盼望着……

"好啦，我想要从'有一棵树倒在这里'开始，而这里的确是有一棵倒着的树。"过了很久，阿噗接着说，"然后我再等等看，看接下来会有什么。"

接着就是：

有一棵树倒在这里，

当它还是竖立着时，猫头鹰非常喜爱它。

一天，

猫头鹰和他的伙伴正在聊天，我就是那个伙伴，

（担心你从没听说过，我就是那个伙伴，叫阿噗）

突然，出现一个巨大的声响……

哐哐哐

啊哈！

风好像着魔一样，吹倒了他最喜欢的那棵树；

不管是他还是我们，都觉得糟糕透顶，

不管是他还是我们，都觉得糟糕透顶，

我认为那是我见过的最糟糕的事情。

小猪皮吉（聪明的小猪皮吉），

提出一个非常棒的方法。

他说："得有勇气！希望永远在心中！"

我需要一根绳子，

哪怕是一根细细的绳子，

如果没有细绳，也可以给我一根最粗的绳子。

接着，阿噗和猫头鹰"吱吱呀呀"地用力拉，

要把小猪皮吉拉到信箱上面去（信箱是寄信的地方），

小猪皮吉使劲儿地往信箱口外爬，

头先爬出去，脚接着爬出去。

啊！

英勇的小猪皮吉！

真棒！太英勇啦！

小猪皮吉害怕了吗？发抖了吗？

没，没，没！

他慢慢地爬出去，终于爬出了信箱，

我亲眼目睹了整个过程。

他一直跑，一直跑，

终于，他停了下来，大喊：

"赶紧去救救猫头鹰，

就是那只鸟儿。

赶紧去救救阿噗，

就是那只小熊！"

所有人穿越森林，

用自己最快的速度朝这里跑来。

他大叫：

"快点儿！快点儿！救救他们！"

告诉他们要跑去那里。

赞扬小猪皮吉，

"太棒啦！顶呱呱！"

门一会儿就被打开了，我们出来啦。

赞扬小猪皮吉，

"太棒啦！顶呱呱！

太棒啦！顶呱呱！"

"完成啦。"阿噗说。接着，他又把整首曲子唱了三遍，"虽然跟我当初想象的有些差别,但总算是完成了。我现在就要让小猪皮吉听听这首曲子。"

　　我正在邦(帮)助猫头鹰寻找新的家,你也加入吧。小兔子瑞毕。

　　"这是怎么回事?"伊尔拿着纸条问小兔子瑞毕。

　　瑞毕告诉他这是怎么回事。

　　"他原来的家出什么事了?"伊尔问。瑞毕又把事情的经过跟伊尔说了一遍。

　　"没人通知我这件事,谁都没有跟我说过,到下个周五,算起来都有十七天没人跟我聊天了。"伊尔说。

　　"一定不是十七天……"

　　"到下个周五之前。"

　　"今天是周六,到下个周五是十一天。还有,在一周前,我来过你这儿的。"

　　"但我们并没有聊天啊,你说完'嗨'就跑开了,我们也没有进行交流啊。"伊尔说,"我在认真思考要如何答复你时,抬头一看,你都已经跑到很远的地方去了。我想要说句'什么',但你已经听不见了。"

　　"嗯……因为那会儿我有比较要紧的事情。"

"所以，你为那件事放弃了和我交流，"伊尔说，"第一句打招呼'嗨''你好'不算什么实质上的交流，而当我准备说第二句时，你却跑远了。"

"伊尔，你这样就不对了。"瑞毕说，"你一直都在森林的这个角落里待着，从没去看望过我们，只等着我们来看望你。为什么你不出去看望我们呢？"

伊尔低着头思考着这个问题，好长时间都没开口。

"或许你说的对，小兔子瑞毕，我需要多出去看看，看看周围。"终于，伊尔说道。

"这才对嘛，伊尔，如果你想的话，不管什么时候，你都可以去看望我们中的任何一个人。"

"太谢谢你啦！小兔子瑞毕。"伊尔说，"如果谁说了'真讨厌，怎么还是伊尔'这种话，我离开就好。"

"好啦，现在，我得离开了。"瑞毕说。

"再见啦！"

"嗯？哦！再见。"瑞毕说，"要是你帮猫头鹰找到了屋子，请务必跟我们说啊！"

说完，小兔子瑞毕就走了。

阿噗找到了小猪皮吉，他们一起走向了百亩森林。在他们闷不作声地走了一段路后，阿噗有些害羞地说："小猪皮吉！"

"什么事啊，阿噗？"

"我曾经说过要为你写一首《阿噗之歌》赞扬你，你还记得吗？就是那件你也知道的事。"

"你曾经说过吗，阿噗？"小猪皮吉说，他的鼻子已经开始变红了，"啊，是啊，你应该是说过的吧。"

"皮吉，我已经完成了。"

只见皮吉鼻子上的那团红晕开始向耳朵那里蔓延了。

"完成了吗，阿噗？是有关……有关……"皮吉结巴地问道，"就是我们……你是说你真的完成了吗？"

"嗯！小猪皮吉。"

小猪皮吉的耳朵"噌"的一下红了，就像发烧一样。

他想让自己张开嘴巴，但努力试了几次，都没有成功。

"那首曲子一共七段。"阿噗接着说道。

"有七段？你的歌似乎很少有七段，是不是，阿噗？"小猪皮吉装作不以为意地问。

"这是第一个。我想，没有任何人听过这首歌。"阿噗说。

"别人知道了吗？"

小猪皮吉站起来拿了一根小木棍，然后又丢了出去。

"没有呢。我刚刚在想，你希望是现在听我唱，还是所有人到齐时我再唱呢？"阿噗说。

小猪皮吉思考了片刻，说："我想我最期待的是，现在你先唱给我听，接下来呢……接下来再对大家唱一遍。"

于是，阿噗就把那首曲子唱给皮吉听。

小猪皮吉把七段全部听完了，这个过程中他一句话也没有说，只是安静地站着，觉得浑身都非常烫。

从来没有谁这样赞扬过小猪皮吉呢（英勇的小猪皮吉）！

皮吉还想听这中间的某一段，就是以"啊！英勇的小猪皮吉！"开始的那段，他认为那段的开始部分简直有趣极了。不过，他却很不好意思开口。

"是真的吗？我就像歌曲里唱的那样？"小猪皮吉问。

"其实呢，在赞歌里……"阿噗说，"嗯，是的，你就是那样做的，小猪皮吉！因为这首歌是这样写的，跟其他人知道的都一样。"

"哦！歌曲里写着'小猪皮吉害怕了吗？发抖了吗？没，没，没'。"小猪皮吉说，"不过我感觉那会儿我……我有些害怕，尤其是最初的时候。你为什么要这么写呢？"

"你不过是心底有些害怕，而不是无所行动，这对一个小动物来说可是最英勇的做法啦！"

小猪皮吉呼了口气，看起来很开心。他开始想：自己是英勇的……

当他们到达猫头鹰的旧屋子，环顾四周后发现，除伊尔之外，所有人都在。

克里斯托弗·罗宾正在有条不紊地给大家分工。

小兔子瑞毕则正一再重复克里斯托弗·罗宾说的话，生怕有谁没有听到。

接着，他们便开始动工了。

首先，他们找到一根绳子，从旧屋子里拉出猫头鹰的画、椅子以及别的东西，为之后把这些东西搬进新屋子做准备。

袋鼠妈妈在下面边把一些东西包裹起来边说："这块洗碗布，脏脏旧旧的，你是不是不要了？是不是？还有那块地毯，上面已经都是破洞了。"她看着猫头鹰，大声说道。

猫头鹰看起来有点儿生气，他说："当然要！那是我的围脖，不是洗碗布，现在不过用它是把家具整理起来。"

袋鼠宝宝总是蹦到下面去，然后攥住绳子与拉起来的东西一起升到上面去。袋鼠妈妈经常看不到袋鼠宝宝，担心极了。于是，她对猫头鹰很生气，埋怨他的屋子又脏又潮，早就应该倒塌了。她还说，看那长满伞菌的墙角，真是恐怖极了！

猫头鹰一头雾水，在这之前，他对此一无所知。他朝那里看了一下，然后冷笑了两声说那是海绵。猫头鹰还奚落袋鼠妈妈，说她竟然不认识一块最平常的海绵，真是好笑极了！

"行啦！"袋鼠妈妈说。

这时，袋鼠宝宝蹦了下来，大叫着："我得去看一下猫头鹰的海绵！啊！在那里呢！"

"啊！猫头鹰！猫头鹰！那是马铃薯，不是海绵！"袋鼠宝宝又说，"你知道马铃薯是什么吗？当你所有的海绵都……"

袋鼠妈妈立刻制止了袋鼠宝宝："亲爱的宝宝，对于一个能拼写出'周二'的人，你不能那么说话。"

当所有人看到阿噗和小猪皮吉同时走过来时，都开心极了。

他们放下手上的活儿，想认真地听阿噗把那首新曲子唱一唱，同时也好好歇息会儿。

他们都跟阿噗说："这首歌可真好啊！"

而小猪皮吉却不以为意地说："嗯，的确很好，是吧？我是说那首曲子。”

"那么，猫头鹰，你找到新屋子了吗？"阿噗问。

"他只把新屋子的名字找到了，现在，他还缺少一间屋子。"克里斯托弗·罗宾慵懒地说，嘴巴里还叼着一根草。

"我叫它这个名字。"猫头鹰说，就像在宣布一件非常重大的事情。

接着，他把他一直摆弄着的一块方形的木板展示给大家看，上面刻着他房子的名字：毛头鹰府。

当他们都非常开心的时候，树丛中不知跑出什么东西撞到了猫头鹰身上。

木板掉落在了地上，小猪皮吉和袋鼠宝宝赶紧俯身看了一眼。

"啊！原来是你！"猫头鹰有点儿生气地说。

"嗨！伊尔！原来你在这儿！"瑞毕说，"你去哪儿了？"

原来，伊尔没有看见他们。

"克里斯托弗·罗宾，早安！"伊尔边说边蛮横地把袋鼠宝宝和小猪皮吉推开。接着，他便一屁股坐到写着"毛头鹰府"的木板上，说："我能跟你谈谈吗？"

"当然！"克里斯托弗·罗宾笑了下说。

"我听说……这个消息已经传到森林右边那个又潮又破的角落了，就是我那个非常偏僻的地方……"伊尔说，"我听说有谁在寻找

毛头鹰府

一间屋子，我已经找到了。"

"噢！太好啦！"瑞毕亲切地说。伊尔慢慢看向瑞毕，没一会儿，又看向克里斯托弗·罗宾。

他大声说："我们之间的谈话被别人破坏了，不过无所谓，我们不理会就是了。"

"克里斯托弗·罗宾，要是你跟着我，就能看到那间新房子。"他又说。

"阿噗！快来！"克里斯托弗·罗宾蹦了起来。

"跳跳虎，快来！"袋鼠宝宝也说。

"你要跟我们一起去吗，猫头鹰？"瑞毕问。

"稍等会儿。"猫头鹰边说边把那块木板拿了起来。

伊尔不想让大家都跟着，说："我和克里斯托弗·罗宾不是去旅游，只不过是去遛弯儿而已，要是他想带着阿噗和皮吉，我也非常高兴。不过不可以所有人都跟着，因为那样的话，那所房子就会因为拥挤而让人觉得喘不上气来。"

"好吧，我们回去接着搬出剩下的东西。"瑞毕说，其实，他能留在这里指挥也非常开心，"嗯……跳跳虎，绳子呢？猫头鹰，出什么事了？"

猫头鹰看向小兔子瑞毕，使劲儿地咳嗽了几下。

他看见写着他新房子名字的木板变得模糊了，不过他并没有说话，因为与伙伴们一起离开的伊尔的屁股上正印着那几个字。

没多久，他们就走到了伊尔所找的那间房子。

当他们快要到那里时，小猪皮吉和阿噗用胳膊肘碰了碰对方，说：

"是这里！"

"不是吧！"

"是！真的就是这里！"当他们到达时，发现真的就是这里。

"那儿呢！那里什么都不缺，连名字也有！"伊尔在小猪皮吉的房子前面，把他们拦下了，无比骄傲地说。

"啊！"克里斯托弗·罗宾大喊一声，他不清楚自己现在是不是能哈哈大笑。

"这间房子给猫头鹰刚刚好，小猪皮吉，你觉得呢？"

小猪皮吉的大脑里满是阿噗的那首赞歌，于是，他下了一个非常无私、非常伟大的决定，就跟做梦似的。他吞了两次口水，说："嗯！这间房子让猫头鹰住刚好！祝愿他在这里住得开心！"其实小猪皮吉在这里住得也很开心。

"你认为呢，克里斯托弗·罗宾？"伊尔察觉到有些别扭，连忙焦急地问道。

克里斯托弗·罗宾首先想问个问题，不过他却不清楚怎么开口才好。

"嗯……这间房子好极了！"他说，"如果风把你的房子吹倒了，你也一定会去别的地方，是不是？小猪皮吉，如果风把你的房子吹倒了，你会怎么办呢？"

阿噗在皮吉没开口前，说："他会搬进我家，跟我一起住，是不是，小猪皮吉？"

"阿噗！太谢谢你啦！能跟你一起住，我真是开心极了！"小猪皮吉高兴地把阿噗的手抓在自己手里。

克里斯托弗·罗宾和阿噗永远留在幻境里

克里斯托弗·罗宾即将离开了。

谁都不清楚他离开的原因，也不清楚他会去哪里。

其实，谁都说不明白，自己为什么会知道克里斯托弗·罗宾要离开。

不过无论如何，森林中的所有动物都很清楚这件事终有一天会发生。

就连森林中那只最小的动物（他认为自己曾经看到了克里斯托弗·罗宾的脚丫，不过他也不能肯定，或许他看到的是其他东西）——小兔子瑞毕的一个亲友，也在心底想着，世界快要变了。

瑞毕还有一个叫"早"、一个叫"晚"的亲友，他们说：

"你觉得呢，早？"

"你觉得呢，晚？"

他们都认为不会再有一点儿奇迹出现了，而且看起来也不会有好结果。

直到一天，小兔子瑞毕终于不能再等了，于是，他绞尽脑汁写了

一则通知。他写了几遍才写出"会议"和"决议",但他写出来的是
"会一"和"决一",他认为就应该是这样。

终于,他完成了:

通知

请所有人都来阿噗角集合,召开全体会一,通过一个决一。

小兔子瑞毕(署名)

接着,他便告诉了所有人。

他们都表示会参加的。

"啊!也邀请我参加会议了吗?这可算是个惊喜啊!"那天下
午,伊尔看见所有人都来这里后,说道。

"不要理他,今早我就跟他说过了。"小兔子瑞毕在阿噗耳边轻
声说。

大家纷纷跟伊尔打了招呼:"嗨!你好",可伊尔却说他不好。

不过谁也没理会他就各自坐下了。

当大家都坐好后,瑞毕站了起来,说:"大家都明白来这里的原
因,我告诉我的伙伴伊尔……"

"是我,非常荣幸!"伊尔说。

"我告诉他要写出一项决议,现在,请伊尔发言。"说着瑞毕便

坐下了。

　　"别催啦，'现在，请伊尔发言'这话让我有点儿着急了。"伊尔边说边缓慢地站了起来。

　　他把耳朵后面的纸拿出来并展开，说："谁也不知道这件事，这是个惊喜。"接着，他非常严肃地清了下嗓子，继续说："没用的话不多说，或许在我开始前我应该说，当我快结束时，我要把一首诗读给你们听。至今为止……至今为止……这个长长的词语是表示，呃……你们会理解的……

　　"至今为止，森林里所有的诗歌全部出自阿噗之手；阿噗是只小熊，没什么智慧，但样子却惹人喜爱。现在，我要给你们读首诗歌，

这首诗歌是伊尔作的，是我在极其寂静的时候完成的。要是你们拉开袋鼠宝宝那牛一般的眼睛，再叫醒猫头鹰，我们就可以立刻听到这首诗歌啦。我给它起的名字叫《诗歌一首》。"

这首诗歌的内容是这样的：

克里斯托弗·罗宾即将要走了，

至少我是这么认为，他会去哪里？谁也不知道。

不过他是真的要走了……

我感觉他是要逃跑，（"跑"和"道"押韵），

我们是不是有点儿介意？（"意"和"里"押韵）

那当然！我们的确很介意！

（这儿无法与"了"押韵，太讨厌啦！）

（这儿也没有与"太讨厌啦"押韵，真是太讨厌啦！）

两个"太讨厌啦"要彼此押韵，真是太讨厌啦！

这可比预料中要困难太多啦！

唉！

我该……（真棒！"该"和"唉"能押韵）

我该重新说一次。

不过，重新说一次比较难。

克里斯托弗·罗宾，拜拜咯！

我，（好极了！"我"和"咯"押韵）

跟全部的伙伴们，

由衷地希望你，

我的意思是，

跟你全部的小伙伴，

（这里是因为要与下面进行押韵，才这么别扭）

由衷地给你，最美妙的祝愿！

"要是谁想赞扬我，现在可以鼓掌啦。"伊尔读完诗歌后说道。

所有人都拍起手来。

"感谢大家！真是出乎意料，我可太开心啦！就是鼓得不是那么热烈。"伊尔说。

"跟我写过的相比，这个可好太多啦！"阿噗有些钦佩地说，他也真的认为伊尔写得比自己好。

"嗯……这个……我想应该是的。"伊尔有些谦逊地说。

"我们所有人都把自己的名字写在这个决议书上，"小兔子瑞毕说，"然后把它送给克里斯托弗·罗宾。"

于是，决议书上面写满了名字，阿噗、小猪皮吉、跳跳虎、伊尔、小兔子瑞毕、猫头鹰、袋鼠妈妈，还有一些墨水的痕迹。写好之后，他们一起走向克里斯托弗·罗宾的家。

“嗨！你们好！”克里斯托弗·罗宾说。

“嗨，你好！”他们齐声说道。

突然，他们都感到很难过、很别扭，他们觉得这句话就像是在说“再见”，这是他们谁都不想面对的话题。

于是，所有人都站在克里斯托弗·罗宾身边，把他围了起来。

他们都在等着有一个人先开口，不过大家都互相推让着，想让别人先说话。

渐渐地，伊尔被大家推了出去，其他人都站在了伊尔的身后。

“出什么事了，伊尔？”克里斯托弗·罗宾问。

伊尔晃动着他的尾巴。终于，他拿出勇气，开始说道：“克里斯托弗·罗宾，我们来的目的是想……跟你……那个名字是……写出来的人是……不过我们也……我们也已经听说了，我是说我们已经知道了……啊！你应该明白的，就是我们……你……就是，简而言之，是这样的。”

突然，伊尔非常恼火地向后转身，说：“我从来都没见到如此多的动物，这样拥挤在一起，都没有空余的角落了，而且你们都没站对地方。莫非你们都没看到克里斯托弗·罗宾希望自己清静会儿吗？我要离开这里！”

说完，伊尔便生气地离开了。也不知道为什么，其他人都慢慢地转过身离开了。

当克里斯托弗·罗宾把那首诗歌读完的时候，他抬起头说了句"谢谢"，这时他面前只有阿噗。

"能收到这样的诗歌，我觉得开心极了。"克里斯托弗·罗宾说。

他把那张纸叠起来，放入兜里，然后说："跟我来！阿噗！"

说完，他便飞快地走了。

"去哪儿？"阿噗边问边急匆匆地跟在他身后。阿噗还在想着他们是去历险，还是去做其他事情。

"我们哪也不去。"然后，他们便这样一直走着。

走了一会儿后，克里斯托弗·罗宾问："你在这个世界上最爱的是什么？"

"嗯……我最爱的是……"说着阿噗便停了下来。他需要思考一下，他觉得吃蜂蜜是件非常幸福的事，不过吃蜂蜜前的感觉要更加的奇妙，但他说不上那种感觉是什么。

他也觉得跟克里斯托弗·罗宾待在一起很舒服，跟小猪皮吉待在一起也一样舒服。阿噗把这些事情全在脑海里过了一遍，然后说：

"在这个世界上，我最爱的事情就是和小猪皮吉去找你，然后你说'要不要吃点儿东西'，我回答说'嗯，我倒是不介意，你呢，小猪皮吉？'这时，外面到处都是小鸟在叽叽喳喳唱着歌。"阿噗说道。

"我觉得这样也不错。不过我最爱的事情是什么都不做。"克里斯托弗·罗宾说。

“什么是什么都不做呢？”阿噗思考了一会儿后问。

“这个就是，就是当你想去做什么事时，别人问你：‘你要去做什么啊？’你就回答说：‘啊，什么都不做。’然后你就可以这么做了。”

“哦，我明白了。”

“现在，我们就是什么都不做。”

“哦，我明白了。”阿噗又说。

“我是说，我们这样不停地走，认真地听着我们不能听到的声音。”克里斯托弗·罗宾说，“没有谁来捣乱，也一点儿不会觉得心烦意乱。”

“哦！”

于是，他们就一直这样走着，边走边思考着。

没一会儿，他们来到了一处幻境。这处幻境在森林的最深处，被六十多棵树环绕起来，叫做“加隆坳”。

之所以称它为幻境，是因为这儿的地上布满了绿油油的青草，而不像森林其他地方那样到处都是紫雀花、蕨丛、千年红。而且这里的土地滑滑的，非常安静。

还有一个原因是，谁都无法数清楚它周围的树到底是六十三棵还是六十四棵，即使每次都用一根绳子在数过的树上标上记号，也无法数出来正确的棵数。

这个森林里唯一能随便坐下的地方便是加隆坳。

坐在加隆坳，他们便能望见整个世界都在一直向前伸展，绵延到天边。

在这里，仿佛整个世界都跟他们融合在了一起。

克里斯托弗·罗宾还给阿噗讲了一些事情：

有的人叫国王和王后；

有的东西被称为因子；

有个地方叫欧洲；

大海中央有个岛屿，没有船能够到达；

要是你想制作一个抽水机，你要怎样做？

当骑士被授予爵位，有些东西就从巴西来。

"啊，我听糊涂啦！"阿噗说。这时，他的手正放在肚皮上面，后背靠着那些树中的一棵。他想，如果我是一只非常聪明的小熊，那该是件多么棒的事情啊！那样就可以记住很多东西啦！

一会儿后，克里斯托弗·罗宾都说完了，他安安静静地向远处眺望，心里期望着世界要永远地转动起来。

阿噗也在思考着。突然，他说："当一个七十（骑士）会是一件非常厉害的事吗？你认为呢？"

"一个什么？"克里斯托弗·罗宾正在听着其他的声音，他慵懒地问道。

"就是在一匹马上面。"阿噗解释道。

"骑士？"

"哦，这样说啊？我原以为是叫作……"阿噗说，"一个国王或因子，或是你说过的那些别的东西，那是非常厉害的事吗？"

"嗯……什么都没国王厉害。"克里斯托弗·罗宾说。

不过，在看到阿噗失落的表情时，他又立刻补充道："因子没有你厉害。"

"一只小熊，可以作一个骑士吗？"

"当然啊！我可以把你变成一个骑士。"克里斯托弗·罗宾说完便捡起一根棍子，指着阿噗的肩膀。

"起来吧，小熊阿噗骑士，我全部的骑

士中，你是最忠实的一个。"他说。

阿噗站了起来，然后又坐下了，说："感谢亲爱的陛下！"被封为骑士后，他必须得这么说。

接下来，阿噗进入了梦乡，他梦见他和抽水机骑士、巴西骑士、因子还有一匹马共同生活在一起。他们都对克里斯托弗·罗宾国王非常忠实（除了因子，它的责任是照看马匹）。

他偶尔晃晃脑袋，自言自语地说自己又搞混了。

然后，阿噗又记起来了，无论克里斯托弗·罗宾到哪里去，当他回来时都会告诉阿噗很多很多事情。不过对一只小熊，而且是不太聪明的小熊来讲，想要弄明白克里斯托弗·罗宾说的这些事是多么困难啊！

他每次都只能把自己搞得糊里糊涂的。

"那么，克里斯托弗·罗宾也许再也不会跟我讲什么了。"阿噗跟自己说道。接着，他又想到，一个忠实的骑士是不是不用管那些弄不明白的事情，只要忠实就行呢？

这时，克里斯托弗·罗宾用双手撑着下巴，突然大叫："阿噗！"

"出什么事啦？"

"当……我……当……阿噗……"

"什么，克里斯托弗·罗宾？"

"我什么事情都不想再做了。"

"什么都不再做了吗？"

"这个……倒也不是，因为不是所有人都能同意。"阿噗还等着他继续说下去，不过他却不再说话，变得格外安静了。

"克里斯托弗·罗宾，你怎么了？"阿噗想给他点儿勇气，让他继续说下去。

"阿噗，当我……你清楚……即使是'什么也不做'这件事我都不再做时，你还会不会经常来这里呢？"

"我自己吗？"

"嗯，阿噗。"

"你会来这里吗？"

"会的，阿噗，我会来的。"克里斯托弗·罗宾说，"我跟你保证，真的，我还会来这里。阿噗。"

"那就行！"

"阿噗，你也要跟我保证，你永远都会记得我，即使我已经一百岁了。"

"那到时我多大了呢？"阿噗思考了一会儿问。

"九十九岁。"

"好，我跟你保证。"阿噗一边点了点头，一边说道。

克里斯托弗·罗宾的眼睛依然望着远方，他把手伸出来，摸向阿噗的手。"阿噗，"他非常真挚地说，"要是我……我不太……"

他停顿一会儿，努力地继续说道："阿噗，无论我出了什么事，你一定都会知道，是不是？"

"知道什么？"

"啊，没什么。"他边跳边大笑起来，又说："我们走吧！"

"去哪儿？"

"随便啦！"

然后，他们便一起离开加隆坳。

但是，无论他们到哪儿去，路途中出现什么事，森林最深处的这个幻境里，一个小男孩和他的小熊一定会一直在这里玩耍。